周勛初文集

門弟子徐兴無敬書

周勋初文集

唐代笔记小说叙录

周勋初 著

凤凰出版社

图书在版编目（CIP）数据

唐代笔记小说叙录 / 周勋初著. -- 南京 : 凤凰出版社, 2022.12
（周勋初文集）
ISBN 978-7-5506-3812-9

Ⅰ. ①唐… Ⅱ. ①周… Ⅲ. ①笔记小说－小说研究－中国－唐代 Ⅳ. ①I207.419

中国版本图书馆CIP数据核字(2022)第222660号

书　　　名	唐代笔记小说叙录
著　　　者	周勋初
责 任 编 辑	郭馨馨
装 帧 设 计	徐　慧
出 版 发 行	凤凰出版社(原江苏古籍出版社) 发行部电话025-83223462
出版社地址	江苏省南京市中央路165号,邮编:210009
照　　　排	南京凯建文化发展有限公司
印　　　刷	苏州市越洋印刷有限公司 江苏省苏州市吴中区南官渡路20号,邮编:215104
开　　　本	880毫米×1230毫米　1/32
印　　　张	6
字　　　数	145千字
版　　　次	2022年12月第1版
印　　　次	2022年12月第1次印刷
标 准 书 号	ISBN 978-7-5506-3812-9
定　　　价	78.00元

(本书凡印装错误可向承印厂调换,电话:0512-68180788)

周勋初简介：

周勋初，上海市南汇县人，1929年生，副博士研究生肄业。

现为南京大学人文社会科学荣誉资深教授，历任南京大学研究生院副院长、古典文献研究所所长、中国古代文学重点学科学术带头人，兼任江苏省文史研究馆馆长。

《周勋初文集》 江苏古籍出版社 2000 年出版

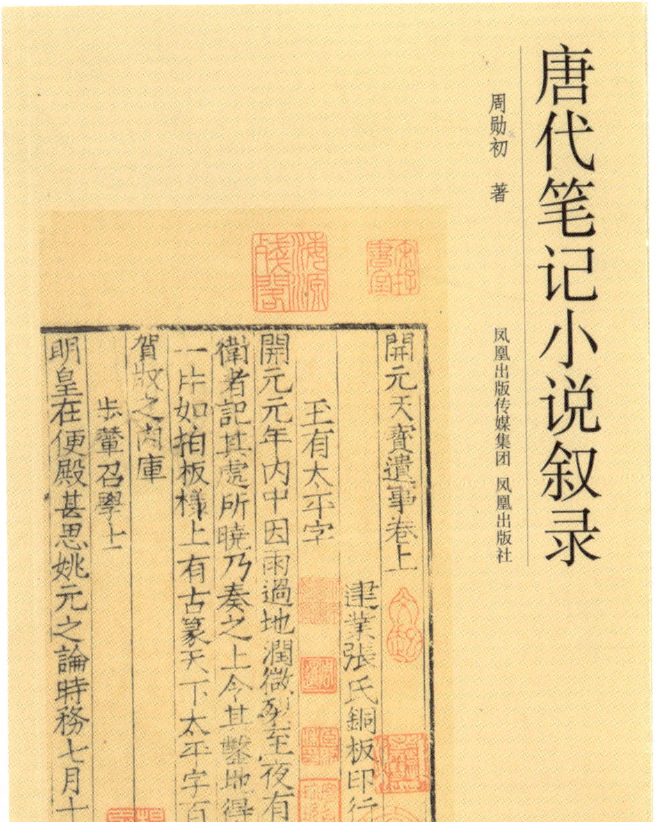

凤凰出版社 2008 年出版

目　录

隋唐嘉话

【书名及异称】

此书异称甚多，有称《隋唐佳话》，《传记》《传载》，《国朝传记》《国朝杂记》，《国史纂异》《国史异纂》，《小说》《小说旧闻》等。

【著录与版本】

作者刘悚，字鼎卿，史学家刘知幾次子，新、旧《唐书》附《刘子玄传》。天宝初，历右补阙，集贤殿学士、兼修国史。生平著作多种，而《隋唐嘉话》一书，有关它的书名和著录，却是异说纷纭，颇难清理。《旧唐书》卷一〇二本传上说他著有《国朝传记》，《新唐书·艺文志》中著录时重出，“杂传记类”有《国朝传记》三卷，“小说家类”有刘悚《传记》三卷，原注：“一作《国史异纂》。”《玉海》卷四七《唐太宗勋史》下引《中兴馆阁书目》云：“刘悚《国史异纂》三卷，载齐梁以来杂事。”《太平广记》引文亦作《国史异纂》。《遂初堂书目》“杂史类”则著录为“《唐国史纂异》”。《传记》当是《国朝传记》的简称。《太平广记》等书中之引文时而误作《国朝杂记》。李肇《国史补序》曰：“昔刘悚集小说，涉南北朝至开元，著为《传记》。”而后代又有刘悚著《小说》之说，《资治通鉴考异》引《小说》若干条，《诗话总龟》引《小说旧闻》若干条，均见于《隋唐嘉话》，则是《小说》一名或为宋代有人依据李肇《序》中所言而改拟之名。《直斋书录解题》“小说家类”著录“刘悚《小说》三卷，唐右补阙刘悚鼎卿撰”。

明代尚有多种署名《小说》的本子存世，《文渊阁书目》“史杂类”有《唐小说》一部一册。钱溥《秘阁书目》“史杂”、李廷相《濮阳蒲汀李先生家藏目录》三柜二层、高儒《百川书志》“小说家类”亦曾著录，钱、高二氏并云《唐小说》一卷。此书尚有钞本传世，中国科学院图书馆藏明钞本《说集》，第十册中有《唐小说》一种，傅增湘《藏园群书经眼录》卷十一曾著录。台湾“中央图书馆”亦藏《唐小说》明抄本一种，原为适园张氏旧藏。①《小说》之上冠以“唐”字，当为避免与殷芸《小说》相混淆。查《玉海》卷五七《唐国朝传记》下引《中兴馆阁书目》，云“《传记》三卷，凡一百九十事”。《隋唐嘉话》条目之数与此相近，而《唐小说》条目仅八十左右，可知目下所见之明抄《唐小说》一卷当为节本，故与《直斋书录解题》《宋史·艺文志》上记作三卷者不同。又《唐小说》中文字之次序似以时代为序，与《隋唐嘉话》有异。

《国史纂异》一书，明代亦有传本，朱睦㮮《万卷堂书目》卷二“杂史”有《国史纂异》二卷，赵用贤《赵定宇书目》“《稗统》续编”内有《国史异纂》(一本抄)，可惜目下已无片纸留存。

《隋唐嘉话》一名，北宋时已出现，《道山清话》《优古堂诗话》中已引及，南宋人著作中亦屡有称引，如《邵氏闻见后录》卷三十、《野客丛书》卷一、《纬略》卷十。《直斋书录解题》于《小说》之下又著录《隋唐嘉话》一卷，刘悚撰。看来刘悚此书后有各种不同本子流传，文字虽无大异，而条目与编次颇有不同。《宋史·艺文志》“小说家类”中也有《隋唐嘉话》一卷，列在刘悚的《传记》和《小说》之间。“传记类”中又有刘悚《国史异纂》三卷。《宋史》杂乱，可以不论。明代传本卷数不一，如《晁氏宝文堂书目》“子杂类”有《隋唐嘉话》，不著卷数；《徐氏红雨楼书

① 参看程毅中《〈唐小说〉与〈隋唐嘉话〉》，载《书品》1997年第1期。

目》“小说类”有“《隋唐嘉话》三卷，刘𫗧”。疑《隋唐嘉话》一书，乃宋代坊贾选辑《国朝传记》《国史纂异》《小说》而成者；《隋唐嘉话》一名，也是根据内容重新拟制的。因为进入宋代之后，“国朝”“国史”云云，已经不合事实；《小说》一名，又嫌浮泛，且易与前代同名之书相混。其他一些异名，如《国朝杂记》《国史异纂》，则是《国朝传记》《国史纂异》的讹写，与后者具有同样的缺点。而《传记》一名，又易与《传载》相混，所以《国朝传记》和《大唐传载》中的条文，或是类书中著录二书的条文，常有错乱的情况。《说郛》（张宗祥辑明钞本）卷三八有《传载》一书，下注“三卷”，所录之文与《隋唐嘉话》全合，可知书名即是《传记》之误写。由此可见此书情况之复杂。后人或以为《隋唐嘉话》乃商贾假托刘𫗧之名而编的伪书，所以《四库全书总目》等书目中都没有著录。

明代嘉靖时，顾元庆将此书刻入《顾氏文房小说》，书尾注明“夷白斋宋版重雕”。看来顾氏依据的原本成书甚早。北宋时王谠编《唐语林》一书所依据的底本，编次似乎与此相同，如《唐语林》卷五记侯君集事曰：“侯君集为兵部尚书，以罪流岭南。于其家得二美人，容色绝代。太宗问其状，曰：‘自小常食人乳而不饭。’”《隋唐嘉话》卷上录此文，则作“卫公为仆射，君集为兵部尚书。自朝还省，君集马过门数步不觉，靖谓人曰：‘君集意不在人，必将反矣。’太宗中夜闻告侯君集反，起绕床而步，亟命召之，以出其不意。既至，曰：‘臣常侍陛下幕府左右，乞留小子。’帝许之。流其子岭南为奴”。其中“卫公为仆射”至“必将反矣”为另一条，《唐语林》编入卷二，“太宗中夜闻告侯君集反”至“流岭南为奴”为另一条，王谠改写时，工作草率，竟将其子之事归之于侯君集自身了。王谠是据《国朝传记》编写的，再将这些文字与《隋唐嘉话》对勘，可知二者大体相同。顾氏依据的当是宋代《国朝传记》三卷本。但他采用了更易为人理解的《隋唐嘉话》一名，后代翻刻此书者沿用，于是从明代起，《国朝传记》《国史纂异》《小说》等名反而废弃不用了。

总之,《国朝传记》即《隋唐嘉话》,则是覆核各书可以证明的。

此书除《顾氏文房小说》本外,尚有《稽古堂丛刻》本,亦三卷,与顾本同,似出一源。1957 年古典文学出版社曾据《顾氏文房小说》本排印,列入《中国文学参考资料小丛书》。1979 年中华书局《唐宋史料笔记丛刊》有程毅中点校本,最佳。程氏并辑得佚文一二十条,然后人尚可继续发掘。

【内容之分析】

刘悚出身于史学家庭,自己也是著名的史家,梁肃《给事中刘公(迥)墓志》曰:"文公讳子玄。初,文公儒为天下表,有才子六人,曰贶,曰悚,继文公典司国史,时议比子长、孟坚。"(《文苑英华》卷九四四)《玉海》卷四六《艺文·正史》门亦曰:"司马谈之子迁,刘向之子歆,班彪之子固,王铨之子隐,姚察之子简,李大师之子延寿,刘知幾之子悚,继世汉简。"说明唐宋时人对刘悚的史学成就评价甚高,以为可继父业。刘知幾的名著《史通》即由他呈进。但《隋唐嘉话》中的有些条文却留下明显的错误,这又是什么原因呢?

《隋唐嘉话》卷上:"武德末年,突厥至渭水桥,控弦四十万,太宗初亲庶政,驿召卫公问策。时发诸州军未到,长安居人,胜兵不过数万。胡人精骑腾突挑战,日数十合,帝怒,欲击之。靖请倾府库赂以求和,潜军邀其归路。帝从其言,胡兵遂退。于是据险邀之,虏弃老弱而遁,获马数万匹,玉帛无遗焉。"《资治通鉴》卷一九一高祖武德九年《考异》引刘悚《小说》,即此文,司马光下按语曰:"今据《实录》《纪》《传》,结盟而退,未尝掩袭,《小说》所载为误。"刘悚任职史馆,能够看到《实录》及其他史料,按理不可能有此错误的记载。这里他把有关突厥入侵的另一种记载录入《传记》,亦可觇知他撰此书的宗旨。按《隋唐嘉话序》

称:“余自髫丱之年,便多闻往说,不足备之大典,故系之小说之末。”根据《汉书·艺文志》上的定义,小说每出街谈巷语,道听途说,大约突厥入侵而为太宗掩袭之说社会上流传甚广,所以刘餗把它录入《传记》之中。《玉海》卷四九《艺文·论史》门于《唐史例》下引《中兴馆阁书目》曰:“刘餗《史例》三卷,以前史详略,由于无法,故隐括诸凡,附经为例。”他将社会上广泛流传的一些异说别撰一书,借与正史有所区别,也是史书体例严正有法的表示。《隋唐嘉话序》中还说:“释教推报应之理,余尝存而不论,若解奉先之事,何其明著。友人天水赵良玉睹而告余,故书以记异。”此事今载《隋唐嘉话》卷下,言洛阳画工解奉先于壁像前妄誓,后果转生为一骑犊,背有白文曰“解奉先”。这类文字,与南朝时宣扬因果之小说为近,可见《隋唐嘉话》内容虽以文史类之材料为主,大体可信,足资考证,而仍有其驳杂之处。内中许多条目,曾为新、旧《唐书》《资治通鉴》等书所吸收,《大唐新语》等书也大量采择沿用其记载,李肇则续此而作《国史补》,宋代文人也常引用此书,可见刘餗的这部著作在唐、宋两代颇著声誉。《唐语林》中有关初唐时的材料,出于此书者为多。王谠录引时,文字有改动,而内容出入不大。

从唐代笔记小说的总体情况来看,初唐时期的著作数量最少,《隋唐嘉话》一书自是其中的重要著作。内记隋代的文字不多,但如薛道衡聘陈为人日诗,南人喜称“名下无虚士”;隋炀帝嫉妒薛道衡、王胄的诗才,借故诛之等事,都是文学史上的重要资料。又如卷中云:“薛中书元超谓所亲曰:‘吾不才,富贵过分,然平生有三恨:始不以进士擢第,不得娶五姓女,不得修国史。’”反映唐代士人所向往的目标,能够用来说明历史上的许多社会现象。尽管有人曾作考辨,认为有与史实不合处,但薛氏晚年曾有撰史的经历,不能排斥此说出其早年,且进士科于唐初即已逐渐为人所重,故不论情况究竟怎样,这一文字仍为广大的文史学者经常征引。

此书对太宗一朝之轶事记载最多。唐初名臣，如魏徵、李靖、李勣、虞世南、长孙无忌、尉迟敬德、秦叔宝等，都有很多条文予以记载，而于太宗与魏徵的关系，铺叙更多。武后一朝的情况，也多介绍，内中一些揭露性的文字，可与《朝野佥载》上的记录互证。

有些社会史料，如卷中记："高宗朝，以太原王、范阳卢、荥阳郑、清河博陵二崔、陇西赵郡二李等七姓，恃其族望，耻与他姓为婚，乃禁其自姻娶。"帮助后人认识唐初承前代旧习重视郡望的风气，很有帮助。又如卷中记长孙无忌与欧阳询相互嘲谑之事，生动有趣，屡为后起的笔记小说所征引，也可借此窥知唐代社会上有喜好嘲谑的风气。

朝野佥载

【书名及异称】

“朝野”一词，古时常用作书名，如宋李心传有《建炎以来朝野杂记》四十卷，赵昇《朝野类要》五卷。《朝野佥载》一名类此。《古今说海》《广百川学海》《五朝小说》及《说郛》（宛委山堂本）卷二二有唐张鷟《耳目记》一卷，文字均出《朝野佥载》，当是后人妄拟的名字。

【著录与版本】

《新唐书·艺文志》著录张鷟《朝野佥载》二十卷，入“史部·杂传记类”。其后《通志·艺文略》入“杂史类”，《中兴馆阁书目》（《玉海》卷五五引）、《宋史·艺文志》等著录，分别入“杂传类”与“传记类”，均作二十卷。《郡斋读书志》“小说类”载《朝野佥载补遗》三卷，提要曰：“分三十五门，载唐朝杂事。”王楙《野客丛书》卷三十《足寒伤心》条引龚养正《续释常谈》谓：“足寒伤心，人劳伤骨，见《朝野佥载·俗谚篇》。”足证晁氏分门之说属实。然《直斋书录解题》“小说家类”载《朝野佥载》一卷，云“唐司门郎中饶阳张鷟文成撰。其书本三十卷，此特其节略尔”。饶阳亦为深州属下。“三十”殆为“二十”之误。明代陈第《世善堂藏书目录》卷上“稗史野史并杂记”中有《朝野佥载》三卷，《补遗》三卷（张鷟）。徐𤊹《徐氏家藏书目》“小说类”中有“《朝野佥载》一卷，唐张鷟”。均为节略之本。《绛云楼书目》“小说类”载有《朝野佥载》二十卷,“二十”之数为陈景云所加,不知钱氏藏书究属何种?李希圣《李氏雁影斋读书记》记有原藏士礼居之影宋钞本一种,十卷,内容与世传诸本多不同,或可说明宋时流传之本已不一。①《四库全书总目》归入“小说家·杂事类”。

《朝野佥载》自明代起即已散佚,难见原貌。今常见者,有六卷本与一卷本两种。六卷本可以《宝颜堂秘笈》本为代表,后起之《四库全书》本等均出于是。然《秘笈》本之编纂工作极为草率,全部文字实从《太平广记》中辑出。《太平广记》引《朝野佥载》中文共四百十六条,《宝颜堂秘笈》本仅辑入三百七十条,不仅大量遗漏,且文字也乱作改动,实是一种粗糙的辑本。按明末陈继儒刻《宝颜堂秘笈》,他以名士的身份而兼书商,佣工辑书,借以扬名而意在牟利,所刻之书自然水平不高了。叶昌炽《藏书纪事诗》卷三评曰:“眉公《宝颜堂秘笈》,改窜删节,真有不如不刻之叹。”只是《朝野佥载》别无他本可择,《丛书集成》等书只能依此排印,后人也只能据此阅读。赵守俨花了很大工夫整理此书,收入中华书局《唐宋史料笔记丛刊》,于 1979 年出版,可谓目下最便阅读的一种本子。他除作了详细的校勘外,还从其他书中辑得遗文九十四条。惟总因依据的底本遗佚过多,赵氏之辑佚工作尚有未尽,其后刘真伦、程毅中等继续搜辑,并作校勘,均对赵本有所补益。②不过此书的异文仍应搜求并作考订,如《类说》收入六十七条,《绀珠集》收入六十八条,《说郛》收入三十六条,文字间有不同,可资校勘;佚文仍应继续发掘,如《资治通鉴考异》卷十二中宗神龙二年“四月,韦月

---

① 民国二十五年(1936)蟫隐庐印行。

② 刘真伦《〈朝野佥载〉点校本管窥》(上、下),载《书品》1989 年第 1、2 期,中华书局 1989 年 3、6 月。刘真伦《〈隋唐嘉话〉〈朝野佥载〉拾补》,载《书品》1989 年第 6 期,中华书局 1989 年 12 月。程毅中《〈朝野佥载〉拾遗》,载《书品》1989 年第 6 期,中华书局 1989 年 12 月。

将流岭南”下引《朝野佥载》曰:“周仁轨过秋分一日平晓斩之,有敕舍之而不及。”《诗话总龟》卷三七《讥诮门》引《朝野佥载》曰:“唐景龙中,洛下霖雨百馀日,宰相不能调阴阳,乃闭坊市北门,卒无效,滂溢至甚。人歌曰:‘礼贤不解开东阁,燮理惟能闭北门。’”即未见有人收录。

《朝野佥载》传至宋代,看来已有遗佚,故《中兴馆阁书目》《通志》《郡斋读书志》与《宋史·艺文志》中均有《补遗》三卷。《遂初堂书目》中也有《补遗》一书。《太平广记》中的有些条目,记中唐以后之事,不可能出于张鷟之手,《四库全书总目》以为即是《佥载补遗》中文,赵守俨则以为此乃《宝颜堂秘笈》之辑录者所误入。按《宝颜堂秘笈》编者的工作态度而言,当以赵说接近事实。

【内容之分析】

张鷟,字文成,号浮休子,取《庄子·刻意》篇中“其生若浮,其死若休”意。深州陆泽(今河北深州)人。生年不详,据赵守俨考证,当在高宗显庆三年(658)左右。[①] 上元二年(675)登进士第,八(一曰七)应制举皆登甲科,凡四参选,判策为铨府之最。曾受考功员外郎骞味道的赏识,又员外郎员半千尝誉曰:“张子之文如青钱,万简万中,未闻退时。”时流重之,谓之“青钱学士”。才名远播,新罗、日本等国均重其文。他的另一作品《游仙窟》,本土早佚,亦因日本有其传本而得保存。生平附《旧唐书》卷一四九、《新唐书》卷一六一其孙《张荐传》。史言“性褊躁,不持士行,尤为端士所恶”。以致屡遭纠弹,两次遭到贬谪,因而仕途蹭蹬,殁时仅至司门员外郎。莫休符《桂林风土记》曾详细记

① 赵守俨《张鷟和〈朝野佥载〉拾遗》,载《文史》第八辑,中华书局 1980 年版。

载张氏生平经历，云“开元中姚崇为相，诬其奉使江南受遗，赐死。其子上表请代父死。黄门侍郎张廷珪、刑部尚书李日知连表称冤，遂减死，流岭南数年，起为龚州长史，卒年七十三”。与《唐书》记载有所不同。据刘真伦考证，殁时当在玄宗开元十年(722)左右。[①] 事迹尚见《大唐新语》与《朝野佥载》中的一些自纪。[②]

《朝野佥载》卷一曰：“率更令张文成，枭晨鸣于庭树，其妻以为不祥，连唾之。文成曰：‘急洒扫，吾当改官。’言未毕，贺客已在门矣。”此文原出《太平广记》卷一三七，原注出《国史纂异》，其下有又一说，记“文成景云二年”事，下注“出《朝野佥载》”。《宝颜堂秘笈》本遂一并录入。实则前一说中之张文成，实为张文收之误写。《隋唐嘉话》卷中收此文，文字无大异，正作率更令张文收事。张文收占事灵验，咸亨元年迁太子率更令，见《旧唐书》卷八五、《新唐书》卷一一三本传。《隋唐嘉话》中还记载着他的同类故事。《朝野佥载》叙事时每自称张鷟，故前文实系《太平广记》之误写而《宝颜堂秘笈》本又沿误。余嘉锡《四库提要辨证》据误文疑张鷟曾任率更令，赵守俨还说由此可见张鷟之急于名位，实为无据，亟应纠正。

张鷟年寿甚高，身历高宗、武后、中宗、睿宗、玄宗诸朝，书中的记载，除个别条文叙及前代外，大部分的内容集中在上述几个朝代，尤以武后之时的记叙为多，亦最可贵。

武后女主临朝，在中国漫长的封建社会中，是一种奇特的现象。时至近代，张扬女权，史家评价颇多不实之誉。有的学者或为迎合某种潮流，对武后时期的政治更多美化。武后之才干，自有其过人之处，后人对之自不能存偏见，但她为了巩固自己的政权，一方面采用各种

---

① 刘真伦《张鷟事迹系年考》，载《重庆师院学报》1987年第4期。

② 参看萧相恺《张鷟和他的小说》，载《苏州大学学报》2002年第4期。

手段收买人心，一方面采用特务手段诛戮异己，其手段之放纵和残酷，也是历史上所少见的。《朝野佥载》中有许多详细而具体的记载，可补史家之缺。如卷一曰："乾封以前选人，每年不越数千；垂拱以后，每岁常至五万。……选司考练，总是假手冒名，势家嘱请。手不把笔，即送东司；眼不识文，被举南馆。正员不足，权补试、摄、检校之官。贿货纵横，赃污狼藉。流外行署，钱多即留，或帖司助曹，或员外行案。更有挽郎、辇脚、营田、当屯，无尺寸工夫，并优与处分。皆不事学问，唯求财贿。是以选人冗冗，甚于羊群；吏部喧喧，多于蚁聚。若铨实用，百无一人，积薪化薪，所从来远矣。"又记"景龙中，斜封得官者二百人，从屠贩而践高位"。可见武后、韦后时期政治之黑暗。书中记载索元礼、来俊臣、周兴、侯思止、李嵩、李全交、王旭等酷吏，其刑法之残酷，处心之刻毒，可见其时臣民所受荼毒之苦。各地官吏亦有凶残异常者。当时还奖励告密，奖励罗织，可见政治之黑暗与恐怖。从全书来看，张鷟对武后的女主身份并无偏见，上述记载当系实录。

卷一中还记载"天授中，则天好改新字，又多忌讳"。新创"圀"（国）字之经过，曲折多趣，既属一代轶闻，也是文字学上的掌故。

张鷟对唐代历史上的一些名君，如太宗、玄宗等也皮里阳秋，有不恭之意。如卷六记唐太宗入冥，冥官问六月四日事，因为太宗于高祖武德九年六月四日发动玄武门之变，袭杀兄弟建成、元吉而取得皇位，张鷟着此笔墨，无异揭太宗的疮疤。卷一记"平王诛逆韦，崔日用将兵杜曲，诛诸韦略尽，绷子中婴孩亦桯杀之。诸杜滥及者非一"。史家对韦后等人从无好感。玄宗起兵诛杀，向来被视作应天顺民之举，张鷟却也记下了其时的一些卑污之事。这类记载，可以说明张鷟的见识有异前人。

洪迈《容斋续笔》卷十二《龙筋凤髓判》条曰："《佥载》纪事皆琐尾擿裂，且多媟语。《百判》纯是当时文格，全类俳体，但知堆垛故事，而于蔽罪议法处不能深切，殆是无一篇可读，一联可味。”对之评价甚低。或以张氏“性褊躁，不持士行”，故其记载与评论有与“端士”相背之处。看来张鷟文人习气甚重。他早负文名，而又屡仕不遇，时以游戏笔墨作记载，且对一些名重一时的人也不持敬意，容易引起他人反感。例如《佥载》卷四中评论唐初名臣娄师德、狄仁杰、李昭德、魏元忠、李峤等人时，虽有揄扬之意，却也有苛刻的批评。这些文字与其他笔记小说，如《隋唐嘉话》《大唐新语》中的记载，每有出入。俗话说“金无足赤，人无完人”，张鷟的这些记载，或许还能提供一种更为全面的观察的角度，至少表示其时社会上还有这样另一种评价。

《朝野佥载》所记之事众多，其中不乏有用的史料，《资治通鉴》即曾多方征引，而又采取各种不同态度予以处理。如《资治通鉴考异》卷十“[仪凤三年]九月，敬玄与吐蕃战，败还鄯州”下，引《朝野佥载》曰：“中书令李敬玄为元帅，吐蕃至树敦城，闻刘尚书没蕃，着靴不得，狼狈而走，遗却麦饭，首尾千里，地上尺馀。”司马光下按语曰：“言之太过，今不取。”又如《考异》卷十一“神功元年三月，王孝杰与孙万荣战，大败，死之”下引《朝野佥载》：“孝杰将四十万众，被贼诱退，逼就悬崖，渐渐挨排，一一落涧。坑深万丈，尸与崖平，匹马无归，单兵莫返。”与上引之文类同，显然过于夸张，所以司马光以为“张鷟语事多过其实，今不尽取。”又《考异》卷十一“[圣历二年]八月，王及善为文昌左相，同三品”下，引《朝野佥载》曰：“王及善才行庸猥，风神钝浊，为内史时，人号为‘鸠集凤池’。俄迁文昌右相，无他政，但不许令史奴驴入台，终日迫逐，无时暂舍，时人号‘驱驴宰相’。”司马光按：“此盖张文成恶及善，毁之耳。”可见张鷟记事每杂个人情绪，文字有任意编排之处。又如《考异》卷十一“裴炎下狱”下，详引《朝野佥载》之文，末曰：“此皆当时构陷炎者所言耳，非其实也。”因为张鷟官位低下，无从了解朝廷大事内幕，而又喜新好异，因而记下了一些不可靠的传闻。《考异》卷十二“[神龙]二年三月王同皎为宋之逊等所告坐斩”,引《御史台记》《朝野佥载》《实录》《唐历》细作辨析后作结论曰:“今从《佥载》。”可见此书自有其不可替代的地位。

总的说来,张鷟此书毕竟是唐人记当代之事,有些记载他书难以代替,不能因为内多疵病而予以忽视。据马雪芹统计,《朝野佥载》中的记载和正史相同的有八十四条,其中和两《唐书》《通鉴》都相同的有十四条,和两《唐书》相同的十四条;和《旧唐书》《通鉴》相同的十一条,和《新唐书》《通鉴》相同的七条;只和《旧唐书》相同的七条;只和《新唐书》相同的十七条;只和《通鉴》相同的十五条。相同的程度也微有差别。《朝野佥载》中的记载和正史不同的有五十八条,或可佐证正史的记载,资究史者参考;或可补正史的疏略,提供翔实而具体的史实;或可纠正史的谬误,揭露历史的真相。而内容不见于正史者,共有三百馀条。内容丰富,反映了社会上的各种情况。又经马氏考核,《通鉴考异》引录《朝野佥载》的条目共有三十六条,其中全取《佥载》的有六条,兼取《佥载》和他书的有四条,说明不取的有二十六条。① 从这些统计数字中也可看出《朝野佥载》一书的史料价值。

张鷟好以韵语评论时政,卷四载:“则天革命,举人不试皆与官,起家至御史、评事、拾遗、补阙者,不可胜数。张鷟为谣曰:‘补阙连车载,拾遗平斗量。杷推侍御史,腕脱校书郎。’”同卷又记张元一体物语,对当朝公卿大肆糟践,或许这些地方就是洪迈所说的纪事“琐尾”,且多“媟语”吧。这种文风与《游仙窟》一致,内中多俗语与即兴吟成的韵语。

正像此书书名所标示的,中于“朝”“野”各方都有反映。民间的风

① 马雪芹《评〈朝野佥载〉》,载黄永年主编《古代文献研究集林》第一集,陕西师范大学出版社 1989 年版。

俗习惯，琐事轶闻，都有生动的记载。例如卷三记定州富民何名远“家有绫机五百张”，长安人罗会因“剔粪”而致“家财巨万”，都可作为重要的社会史料。又如卷一记长孙无忌以羊毛为浑脱毡帽，卷三记安乐公主造百鸟毛裙，都是文史著作中常用的典故。卷二记五溪蛮自山上悬索下柩，则是有关悬棺葬的早期记录，卷五记“赵州石桥甚工”，为这一杰出工程作了详细的描绘，可见《朝野佥载》内容丰富，人们自可从各种角度观看，获取所需的材料。

御史台记

【书名及异称】

御史台为唐代朝廷的监察机构。有关建置，新、旧《唐书》的《百官志》与《职官志》中都有详细的记叙。“御史台记”为杂记这一机构各种职位和相关故事的专题著作。

【著录与版本】

《新唐书·艺文志》“职官类”著录韩琬《御史台记》十二卷，《玉海》卷一二一《唐御史台》下引《中兴馆阁书目》，云：“殿中侍御史韩琬《御史台记》十二卷。自唐初，讫开元五年。台中官属，凡十有一人(卷)。皆论建置沿革，附以名氏爵里，美恶必书。叙传一篇，自纪世家。并附杂说一十八事。”《郡斋读书志》《直斋书录解题》均入“职官类”，亦为十二卷。前者曰：“载唐初至开元御史台中制度故事。以大夫、中丞、侍御史、殿中、监察、主簿、录事，分门载次名氏行事。著论一篇，叙御史正邪得失、进擢诛灭之状，附卷末以为世戒。”后者记载相同，末云：“第八卷为琬著传。九卷以后为右台。右台创于武后，废于中宗，岁月盖不久也。末有杂说五十七条。”《宋史·艺文志》入“故事类”，十二卷。《太平广记》引文最多，有五十七条；《类说》卷六与《绀珠集》卷七引文各五条。元明之后此书已佚。《说郛》宛委山堂本卷五十一引文九条，则自《太平广记》转录。

【内容之分析】

作者韩琬，字茂贞，睿宗、玄宗时人，《新唐书》卷一一二有传，附其父韩思彦传之后。韩琬长于史学，著有《续史记》一百三十卷、《南征记》十卷等多种，而他本人又长期担任监察官，历任监察御史、按察使、殿中侍御史等职，所以他写作的《御史台记》，源源本本，颇有可观。新、旧《唐书》中一些任职于御史之官员，特别是武后时期的一些酷吏的传记，大都曾从韩书取材。《大唐新语》中许多人物的事迹，亦能与《御史台记》中的记载对应，这或许是《御史台记》中的一些人物传记，曾为《国史》所采纳，而《大唐新语》又从《国史》所转引。① 杜佑撰《通典》，苏冕撰《会要》，有关初唐时期御史台方面的建置与人物事迹，大都参考过《御史台记》，于此可见韩琬此书产生的影响甚大。

按唐代著作《御史台记》有多种。除韩书外，见之于《新唐书·艺文志》"职官类"者尚有杜易简《御史台杂注》五卷、韦述《御史台记》十卷、李构《御史台故事》三卷。赵璘《因话录》卷五曰："诸家《御史台记》，多载当时御史事迹、戏笑之言，故事甚略。"《太平广记》"诙谐""嘲诮"等类目中，即载有不少《御史台记》中的文字。这里有对个别人物的戏弄，也记录了一些后人不易搞清的官场隐情，如《太平广记》卷二五五《贾言忠》条，叙唐贾言忠撰《监察本草》云："里行及试员外者，为合口椒，最有毒。监察为开口椒，毒微歇。殿中为萝卜，亦曰生姜，虽辛辣而不为患。侍御史为脆梨，渐入佳味。迁员外郎为甘子，可久服。或谓合口椒少毒而脆梨毒者，此由触之则发，亦无常性。唯拜员外郎，

---

① 参看日本学者池田温《论韩琬〈御史台记〉》，黄正建译，载《唐研究论文选集》，中国社会科学出版社 1999 年版。

号为摘去毒，欢怅相半。喜迁之，惜其权也。”又如《类说》卷六《六道》曰：“唐畿尉有六道：入御史为佛道，入评事为仙道，入赤尉为人道，入畿尉为苦海道，入县令为畜生道，入判司为饿鬼道。”这样透辟的分析，读者在正规的文献中是看不到的。

《资治通鉴考异》中引用到《御史台记》的文字，计十七条，说明司马光对此书的重视，但也不断指出其记载有误。这主要集中在所叙人员仕履和年代的不正确上。大约总是由于韩琬个人著书，多凭记忆之故。《封氏闻见记》卷五《豹直》一条，引韩琬之说，释为“爆直”，言如烧竹，遇节则爆。封演讥其不知“南山赤豹，避雨雾而深藏”的出处，看来韩琬的学问确有其“疏”处。

教坊记

【书名及异称】

唐代设置教坊，掌管歌舞、伎艺、百戏等各种娱乐活动的教习和演出事务，此书为记录这一官署有关情况之专著。

【著录与版本】

《新唐书·艺文志》"乐类"著录崔令钦《教坊记》一卷，《崇文总目》入"小说类"，《郡斋读书志》入"乐类"，《遂初堂书目》仍入"小说类"。《宋史·艺文志》亦入"乐类"。《四库全书总目》入"小说家·杂事类"。除《遂初堂书目》不载卷数外，均作一卷。传世有《古今说海》《古今逸史》《续百川学海》《五朝小说》《格致丛书》等本子，《丛书集成》本据《古今说海》本排印，古典文学出版社亦据《说海》本排印，列入《中国文学参考资料小丛书》，1957 年出版，中华书局上海编辑所 1959 年重印。《中国古典戏曲论著集成》第一集中所收的本子经过整理，中国戏剧出版社 1959 年、1980 年两次印刷。任半塘《教坊记笺订》用力甚勤，考证甚详，可资参考，中华书局上海编辑所 1964 年出版。日本有斋藤茂《教坊记》译注，平凡社 1992 年出版。按《说郛》张宗祥辑明钞本录文十七条，后起之书均出此本，而《类说》节录本书十七条，中有九条不见今本，两条较今本为详，则是今本或从《说郛》辑录，然非全帙。

【内容之分析】

崔令钦，唐玄宗至德宗时人。开元年间官左金吾仓曹参军；天宝年间迁著作佐郎，转礼部员外郎；肃宗时改官仓部郎中。后入蜀，任万州刺史，终国子司业。《全唐文》卷三九六引本书序文，云此书作于安史之乱避地润州之时，乃追思昔日长安声乐繁荣而作。唐代设置教坊，掌管雅乐之外的一切俗乐。唐玄宗时，教坊的活动趋于鼎盛，但缺少这方面的系统记载，《教坊记》中叙述了关于教坊的制度、人物、轶闻、琐事，特别是记录了三百二十七个曲名，保留了唐代乐曲的丰富资料。

即如《菩萨蛮》曲，自王灼《碧鸡漫志》卷五引苏鹗《杜阳杂编》、钱易《南部新书》，以为宣宗之初始有此曲，殆成定论，而《教坊记》中已有此曲，足见玄宗之时已经流行。按宋释文莹《湘山野录》记李白作《菩萨蛮》词，关于此事之真伪，古今聚讼不一，而主李白所作说者每根据《教坊记》中记载为说，可见此书于词史研究与李白研究亦有重要价值。

封氏闻见记

【书名及异称】

作者封演记其见闻之作，故又名《封氏见闻记》《封氏见闻录》《封氏见闻志》，或简称《闻见记》。

【著录与版本】

《新唐书·艺文志》"杂传记类"著录《封氏闻见记》五卷，下注："封演。"《崇文总目》入"传记类"。《秘书省续编到四库阙书目》《郡斋读书志》均入"小说类"，亦作五卷。《直斋书录解题》入"小说家类"，作二卷。《遂初堂书目》入"小说类"而不著卷数。《宋史·艺文志》作封演《闻见记》五卷，入"小说家类"。《上善堂宋元板精钞旧钞书目》有《封氏闻见记》五卷，叶石君、陆敕先校本。《四库全书总目》入"杂家类"，作十卷。近代通行者多为十卷本，当是将五卷本扩展而成，中有《学海类编》本、《雅雨堂藏书》（即《雅雨堂丛书》）本、江都秦黉刻本、秦恩复刻《石研斋四种》本、《学津讨原》本、《畿辅丛书》本等多种。《雅雨堂丛书》本早出，近人赵贞信以此为底本，而用各本详校，成《封氏闻见记校证》十卷，由哈佛燕京学社印出，且在《序》中详考封氏生平，最称详备。其后岑仲勉著《跋〈封氏闻见记〉（校证本）》，作了大量的纠讹和补充，对封演生平也作了详细的考证。[1] 赵氏后又将详校本精简成一小本，名曰《封氏闻见记校注》，于 1958 年由中华书局出版，2005 年又发行新版，收入《唐宋史料笔记丛刊》，最便应用。

【内容之分析】

封演，渤海蓨(今河北景县)人。初为太学生，天宝末年(756)进士中第，曾为昭义节度使薛嵩的僚属，官屯田郎中权邢州刺史，后又仕于田承嗣处，在田悦时任司刑侍郎。《封氏闻见记》一书，作于贞元十六年(800)之后，书前署衔曰“检校尚书吏部郎中兼御史中丞”，看来仍在藩镇处任职，但已不知此时究在何处？封演生平本无系统之记载，自余嘉锡、赵贞信、岑仲勉等人不断进行探索，仅可知其大概。凤翔封宝桢 1926 年时于成都重刻此书，在《缘起》内详叙封演生平，纯出编造，不可信据。

《郡斋读书志》中介绍说，此书“分门记儒道、经籍、人物、地理、杂事，且辨俗说讹谬，盖著其所见闻如此”。《四库全书总目》此书提要更细析之曰：“唐人小说多涉荒怪，此书独语必征实。前六卷多陈掌故，七、八两卷多记古迹及杂论，均足以资考证。末二卷则全载当时士大夫轶事，嘉言善行居多。惟末附谐语数条而已。”因为它涉及面广，论断又颇精审，所以颇受后人重视。王士禛于《跋〈摭言〉足本》中说：“唐人说部流传至今者绝少，此书洎《封氏闻见记》皆秘本可贵重。”(《蚕尾集》卷九)

全书编排很有条理，首列《道教》，表示尊重王室，因李氏自以为出

---

① 岑仲勉《跋〈封氏闻见记〉(校证本)》，原载《历史语言研究所集刊》第九本，1947 年；后收入《岑仲勉史学论文集》，上海古籍出版社 1990 年版。

于老子，故置于《儒教》之前。书中除记皇家仪制外，他如文献、科举、民俗等，都有完整的表述。其中如《壁记》等项，更可从中了解官府建置与官员迁除情况，属于唐代特有的文体，价值更大。《第宅》《饮茶》等文，则记录王公朝士追求生活奢华的习气；《打球》《拔河》等条，可见唐代士大夫的特有风貌。《碑碣》《羊虎》《纸钱》《石鼓》等名物的讲说，语必征实，都是研究唐代文化的好材料。

封书于宋元时已多残佚，明人根据几种本子钞补，卢见曾据之刻入《雅雨堂丛书》，仍有不少条目残缺。大凡全书计一百零一条，而阙者十条，不全者二条。钱熙祚刻《守山阁丛书》，整理《唐语林》时，发现卷六“大历末，北方有白虹夜见”一条，当即封书卷七《北方白虹》之佚文；《唐语林》卷八“关西西风则雨”一条，当即封书卷七《西风则雨》之佚文。王国维读《唐语林》，发现卷五“郿西鼓山东北，有石鼓”一条，即封书卷七《石鼓》之佚文；卷八“御史旧例”一条，即封书卷三《风宪》之佚文。而据张宗祥的介绍，莫友芝所藏的一种旧钞本中，除可补上列数条外，《蜀无兔鸽》一条亦首尾完具，其他各条可校补者亦甚多。又俞氏《海潮辑说》中，《海潮》一条亦在。① 可知此书尚可多方发掘材料，作进一步的整理。

① 张宗祥《铁如意馆随笔》，载《中华文史论丛》1984年第一辑。

大唐说纂

【书名及异称】

《新唐书·艺文志》"小说家类"著录李繁《说纂》四卷,《直斋书录解题》等书则均称之为《大唐说纂》。《崇文总目》《宋史·艺文志》又称之为《唐说纂》。

【著录与版本】

《崇文总目》《通志·艺文略》《遂初堂书目》《直斋书录解题》《宋史·艺文志》均入"小说类"或"小说家类"。《遂初堂书目》不记卷数,其馀各书均作四卷。此书早佚,宋代小说总集与类书无征引,故详情不明。

【内容之分析】

《新唐书·艺文志》云此书作者为李繁。李繁为李泌之子,事迹附《旧唐书》卷一三〇、《新唐书》卷一三九《李泌传》。李繁著作甚多,然史传中均不言其曾撰《说纂》。《直斋书斋解题》提要曰:"不著名字。分门类事,若《世说》。止有十二门,恐非全书。"《宋史·艺文志》亦不著作者名字,故此书是否李繁所作,尚有疑问。洪迈《容斋四笔》卷八《双陆不胜》条曰:"《艺文志》有李繁《大唐说纂》四卷,今罕得其书,予家有之。凡所记事，率不过数十字，极为简要，《新史》大抵采用之。其《忠节》一门曰：武后问石泉令王方庆曰：‘朕夜梦双陆不胜，何也？’曰：‘盖谓宫中无子，意者恐有神灵儆夫陛下。’因陈人心在唐之意。后大悟，召庐陵王复储位。《新史》载其说，《通鉴》去之，似为可惜。”然除此条外，《新唐书》中采入了哪些内容，今已无法确考。《唐语林原序目》中亦有此书，但《唐语林》中哪些条目出于此书，也已无法确考。

按《新唐书·艺文志》“杂家类”有王方庆《续世说新书》十卷，“双陆不胜”之事不知曾否著于此书？《大唐说纂》乃“小说”体，所记初唐时之史实当前有所承而非别有史源。又《朝野佥载》卷三记则天后尝梦一鹦鹉两翅折，狄仁杰为之占梦，以为应二子之事，后乃降敕追庐陵王入京，立为太子。《新唐书·狄仁杰传》不采此说而采“双陆不胜”事，又以为狄仁杰、王方庆同辞进谏，则是宋祁等人或以为“双陆”之说更可信，故而不采“鹦鹉”之说。但司马光不喜采录这类鬼神梦幻之事，上述二说均遭排摈。

辨疑志

【书名及异称】

辨析疑惑之谓。《宋史·艺文志》作《疑辨志》,当系误写。

【著录与版本】

《新唐书·艺文志》著录陆长源《辨疑志》三卷,入"小说家类"。《崇文总目》、《中兴馆阁书目》(《玉海》卷五七引)、《直斋书录解题》、《宋史·艺文志》均同。《直斋书录解题》云:"唐宣武行军司马吴郡陆长源撰。辨里俗流传之妄。"原书已佚,《太平广记》录文十条,《说郛》(张宗祥辑明钞本)录文五条。

【内容之分析】

陆长源之事迹,见《旧唐书》卷一四五、《新唐书》卷一五一本传,史称"赡于学"。他又是著名的诗人,《唐诗纪事》卷四八与《唐才子传》卷五均有记载。唐德宗以宣武节度使董晋性懦愞,诏陆长源为行军司马佐之。长源性刚直,欲峻法绳骄兵,会晋死,朝廷有诏拜长源为节度使,而兵变作,竟死于难。《辨疑志》一书,通过一些生动的实例,对社会上的种种虚妄之事和迷信行为作了有力的揭露,也体现了他刚正性格的一个方面。

陆长源在书中贯彻的是儒家的立场，故对释道的迷信行为颇多揭露。内如《广记》卷二八九《双圣灯》条之记观世音菩萨见身之虚妄，卷四九三《裴玄智》条言裴玄智密盗化度寺之财帛，卷二八九《李长源》条言其方术禁咒之不可持，卷二八八《姜抚先生》条叙荆岩揭露姜抚自称年已数百岁之欺骗行为，《宾退录》卷十亦引。按姜抚为宋州人，自言通仙人不死术，《新唐书·方技》有传，内云姜以献常春藤得幸，擢银青光禄大夫，号冲和先生。后以伪造药名为右骁卫将军甘守诚识破，惭悸逃去。高適有《遇冲和先生》诗，曰："自云多方术，往往通神灵。万乘亲问道，六宫无敢听。"揶揄之词，与史书合。由此可知，陆长源所记载者当均有事实根据。

《太平广记》卷二八八《李恒》记其家事巫祝，以白矾画人形于纸上，被鬼拽髻而驱赶，沉于水中，使之现形以蛊众，后为人以同样方法揭破；又卷四九五《润州楼》记楼下有井，蚊蚋之类于晚晴时自楼角隙中作团而上，俗乃以为凶楼。这些文字，说明陆长源之观察事物颇具科学态度。

大唐新语

【书名及异称】

此书原名《大唐新语》，《宋史·艺文志》"别史类"著录，改称《唐新语》。《四库全书总目》提要曰："明冯梦祯、俞安期等因与李垕《续世说》伪本合刻，遂改题曰《唐世说》，殊为臆撰。商濬刻入《稗海》，并于肃自序中增入'世说'二字，益伪妄矣。"实则《稗海》本之所以作伪，尚有其他缘由，嘉靖时潘玄度刻此书，万历三十一年重印，即已改题《唐世说新语》。又文渊阁《四库全书》本此书亦署《唐新语》。

【著录与版本】

《新唐书·艺文志》"杂史类"著录刘肃《大唐新语》十三卷，原注："元和中江都主簿。"而此书之前有宪宗元和丁亥(807)自序，署衔"登仕郎前守江州浔阳县主簿"。主簿于唐代为县之属官，故刘肃或曾先后至江都、浔阳二县任职。生平事迹不详。《崇文总目》《通志·艺文略》《郡斋读书志》《直斋书录解题》均入"杂史类"，《遂初堂书目》入"小说类"，《宋史·艺文志》则入"别史类"，《四库全书总目》则归入"小说家·杂事类"。各种书目著录均作十三卷。明代有潘玄度刻本，王世贞校刊本，冯梦祯、俞安期与《续世说》合刊本，商濬《稗海》丛书本。1957年古典文学出版社曾据《稗海》本排印，列入《中国文学参考资料小丛书》。1984年中华书局《唐宋史料笔记丛刊》有许德楠、李鼎霞点校本，最称便用。《稗海》本原缺卷末《总论》一篇，潘玄度本有，《四库全书》本即据之补入。中华书局本亦补。又潘玄度本、《稗海》本将《政能》第八一门标题误刻于第四卷《持法》门末，而以第五卷《忠烈》门为第八，故仅存二十九门。中华书局本据止文于卷九目录中补入《谀佞》一门，据总目于卷四补入《政能》一门，而将正文《忠烈》列为第九，以下顺推，全书恢复为三十门。然《大唐新语》内容丰富，牵涉至广，此书之整理工作仍有待于进一步提高，武秀成作《〈大唐新语〉佚文考》，[①]李南晖作《〈大唐新语〉校札》，[②]对此书都作了补充与纠正。

【内容之分析】

刘肃在《总论》中强调此书继承《春秋》宗旨，“昔荀爽纪汉事可为鉴戒者，以为《汉语》，今之所记，庶嗣前修。不尚奇正之谋，重文德也；不褒纵横之书，贼狙诈也。刊浮靡之词，归正也；捐术数之略，抑末也。”而他在《大唐新语序》中又说：“今起自国初，迄于大历，事关政教，言涉文词，道可师模，志将存古，勒成十三卷。”可见作者写作此书的本意，是将唐代历史上的一些有裨政教的事件汇编成册以垂炯诫。

刘肃本以发扬儒家史学宗旨自居，只是著书体例规仿《世说新语》，分全书为三十门。不过他已不像刘义庆那样，拟订什么“容止”“伤逝”“术解”“任诞”等魏晋人所喜爱的话题，而是拟订了“匡赞”“规谏”“刚正”“清廉”“节义”“孝行”等有关伦理道德的众多门类。

---

① 载《古籍整理研究学刊》1994 年第 5 期。

② 载《古籍整理研究学刊》2000 年第 5 期。

《大唐新语》与《世说新语》虽有继承与发展的关系，内容则很不相同。晋人沐浴玄风，发言玄远，故《世说新语》所记录的人物，谈吐风流，文笔隽永，令人神往。此书以记言为主，故应入子部。《大唐新语》虽亦注重人物的言论，然重在记叙事实，表现人的品德，反映了唐人以事功为重的特点。因此这书理当归入史部。《四库全书总目》后又把它归入"小说"一类，那是清人将正史推尊到了极点，极力压低稗官野史地位的缘故。

按诸实际，《大唐新语》可说是部真正的史书。陈寅恪曰："刘氏之书虽为杂史，然其中除《谐谑》一篇，稍嫌芜琐外，大都出自《国史》。"①这是征诸其他著作可知的。

自初唐起，朝廷上即有史官负责编纂纪传体的《国史》。有关《国史》的散落人间，唐代的笔记小说作者如何采择《国史》中的材料而另撰新著，《旧唐书》多采用《实录》《国史》中文，本书《谭宾录》的叙录中已有介绍，可以参看。贾宪保曾举赵涓、于休烈、胡楚宾、王义方、马燧、郭子仪等人的传记，将《谭宾录》中的文字和《旧唐书》中的相关传记作比较，证明二者同出一源。王国良作《谈宾录》之叙录，又指出《谭宾录》中"王义方""张楚金""秦鸣鹤""孙思邈""武后""用蕃将""赵谦光""虞世基"等条，与刘肃《大唐新语》所记大同小异。② 既然胡璩《谭宾录》的史源出于《国史》，由此亦可证知刘肃《大唐新语》的史源出于《国史》。

由于《国史》早就佚失，上述结论只是推断而得，但人们翻阅《大唐新语》之后，不难发现其中记叙的事件可与《旧唐书》《唐会要》等书互

---

① 载《元白诗笺证稿》第五章《新乐府·七德舞》，古典文学出版社 1958 年版。

② 王国良《唐代小说叙录》第三章《辑存书目·谈宾录》，台湾嘉新水泥公司文化基金会 1979 年版。

参者为数甚多，因而刘肃著书之时必然参考了唐代的许多史书，那是不难想到的。

《大唐新语》卷一《匡赞》中有姚崇以拒太平公主，玄宗深德之，后与张说不协，说讽赵彦昭弹之，玄宗不纳。后与姚崇同猎，问其能否，姚崇遂叙个人之发展历程，玄宗听从他的建议，天下大理。《资治通鉴》系此事于玄宗开元元年十月甲辰，《考异》引《升平源》，文多与此相似。《开元升平源》之作者，《郡斋读书志》、《直斋书录解题》、《中兴书目》(《玉海》卷六一)、《宋史·艺文志》均以为即吴兢，开元时期之《国史》亦为吴兢所撰，故《大唐新语》中的上面一段文字亦当出于《国史》。

《大唐新语》中的有些条文，则似源于《隋唐嘉话》，例如卷六《友悌》中记李勣为姊作粥燎须事，《隋唐嘉话》卷上亦载；卷七《容恕》记徐有功守公法事，《隋唐嘉话》卷下亦载。全书这类条文甚多，有些或许另有其史源，但以二者性质相近，故《大唐新语》沿袭《隋唐嘉话》的可能性很大。

《大唐新语》中有一些文字，不见于其他典籍，如卷三《公直》中有一条曰：

> 太宗谓侍臣曰："朕戏作艳诗。"虞世南便谏曰："圣作虽工，体制非雅。上之所好，下必随之。此文一行，恐致风靡。而今而后，请不奉诏。"太宗曰："卿恳诚如此，朕用嘉之。群臣皆若世南，天下何忧不理。"乃赐绢五十匹。先是，梁简文帝为太子，好作艳诗，境内化之，浸以成俗，谓之宫体。晚年改作，追之不及，乃令徐陵撰《玉台集》，以大其体。永兴之谏，颇因故事。

此文尚见《唐会要》卷六五《秘书省》内，系于贞观七年九月二十三日。《唐会要》中之文系时系月，苏冕可能即从《实录》或《国史》中采录，因此《大唐新语》中的这一条文字可能也源于《国史》。但自“先是”而下的文字，可能即是刘肃本人自拟的了。①

① 吴冠文撰文以为《大唐新语》为伪书，引起了很大的争议，计吴文先后有《关于今本“大唐新语”的真伪问题》（载《复旦学报》[社会科学版]2004 年第 1 期）；《再谈今本〈大唐新语〉的真伪问题》（《复旦学报》2005 年第 4 期）；《三谈今本〈大唐新语〉的真伪问题》（《复旦学报》2007 年第 1 期）。认为今本《大唐新语》非伪书而与之商榷者有潘婷婷《今本〈大唐新语〉非伪书辨》（载《南京大学学报[哲学人文科学社会科学版]》2005 年第 2 期）；杨光皎《今本〈大唐新语〉“伪书说”之再检讨》（《南京大学学报》2006 年第 3 期）；陶敏、李德辉《也谈今本〈大唐新语〉的真伪问题》（载《山西大学学报》[哲学社会科学版]2007 年第 1 期）。总的看来，吴冠文提出的新说论证仍嫌不足，难以成立。

国史补

【书名及异称】

《旧唐书·职官志二》于“史馆”下云:“历代史官,隶秘书省著作局,皆著作郎掌修国史。武德因隋旧制。贞观三年闰十二月,始移史馆于禁中,在门下省北,宰相监修国史,自是著作郎始罢史职。”开元之时史馆又迁往中书省北,而由史馆中之史官负责修国史之制度始终不变。唐初史官社会地位甚高,馆外文士企羡史职,故其著作每以裨补史缺自命。李肇撰《国史补》,亦即此意。后又有称《唐国史补》者,“唐”字乃宋代以后的人所加。

【著录与版本】

《新唐书·艺文志》“杂史类”著录李肇《国史补》三卷,《崇文总目》《通志·艺文略》《郡斋读书志》《直斋书录解题》相同,唯《郡斋读书志》作二卷,《文献通考》据之亦作二卷,移入“传记类”,清周中孚《郑堂读书记》卷十三以为“二”乃“三”字之误。《宋史·艺文志》亦入“传记类”,《四库全书总目》则入“小说家·杂事类”。毛晋《汲古阁校刻书目》第十集十二种有《唐国史补》三卷,八十八叶,纳入《津逮秘书》。其后有《学津讨原》《得月簃丛书》等多种本子,1957 年古典文学出版社曾据《学津讨原》本排印,列入《中国文学参考资料小丛书》。1979 年上海古籍出版社重印。

全书共记三百零八条，每条均用五字为标题。上、中两卷中的文字，大体上按所记之事的年代先后排列，下卷则杂记典故、制度、民俗、物产。

此书《上善堂宋元板精钞旧钞书目》有叶石君手钞《国史补》三卷。汲古阁有影写宋刊本，傅增湘曾据之校录，见《藏园群书题记》卷四。《国史补》卷下《内外诸使名》中原缺"有因时而置者"至"删定使三"二十字，影宋本不缺，傅增湘以此为例，称钞本为奇珍可贵。然此处缺文，《太平广记》卷一八七《使职》引文与《唐语林》卷五"开元以前"条中亦有。此书传世各本有残佚者，均可用后代各种典籍补正。《太平广记》引文一百三十六条，《类说》卷二六录文八十七条，《绀珠集》卷三录文八十一条。《唐语林》引文亦为所引各书之冠，可见后人对此书之重视。台湾"中央图书馆"有署"陶宗仪阅"之旧钞本。汲古阁影宋钞本则有两部传世，分藏北京图书馆与台湾"中央图书馆"。

【内容之分析】

作者李肇，新、旧《唐书》无传，生平不详。《全唐文》卷七二一载李肇《东林寺经藏碑铭并序》，自称"故府从事李肇"，陈舜俞《庐山记》卷二载此文，末称"元和七年九月十五日朝请郎试太常寺协律郎李肇撰"，可知其时李肇乃以协律郎之身份在江西观察使崔芃之幕府中。崔芃于是年十一月死后，李肇或即转至华州，任华州参军，其时曾为李公佐《南柯太守传》作"赞"语。其后李肇入京任职，丁居诲《重修承旨学士壁记》曰："李肇，元和十三年七月十六日自监察御史充。十四年四月五日迁右补阙，九月二十四日赐绯，十五年闰正月一日赐紫，二十一日加司勋员外郎。长庆元年正月十三日出守本官。"《旧唐书·穆宗本纪》记长庆元年十二月"贬司勋员外郎李肇澧州刺史，坐与谏议大夫李景俭于史馆会饮，景俭乘醉见宰相谩骂故也。”而白居易《长庆集》卷三三有关于李肇由澧州刺史转郢州刺史之制书，亦叙此事。《新唐书·艺文志》于《国史补》书名下注曰：“翰林学士，坐荐柏耆，自中书舍人左迁将作少监。”柏耆邀功获罪，乃因李同捷之叛变而起，《资治通鉴》列其事于太和三年。其后事迹不详。岑仲勉撰《翰林学士壁记注补》，据《新唐书·宰相世系表》，以为李华之子，无据。① 王梦鸥于《南柯太守传》后作《李公佐作品叙录》，兼考李肇仕履。② 今即引用各种史料叙其生平如上。

王定保《唐摭言》卷一《述进士》下篇曰：“元和中，中书舍人李肇撰《国史补》。”此说实误。书中涉及之事延至长庆年间者甚多，李肇自己也说：“予自开元至长庆撰《国史补》。”此书前署“唐尚书左司郎中李肇撰”。据《郎官石柱题名》，李肇处于庾敬休与温造之间，其年代已在长庆之后。据李裕民考证，此书于长庆中写成后，至会昌六年(846)或稍晚尚作过修改。③

《新唐书·艺文志》著录李肇著作三种，除《国史补》外，《翰林志》一卷，入“职官类”，今尚存，有《翰苑群书》本。此文于翰林学士一职之沿革，学士之职掌与待遇，学士院设施等问题，记叙最详。又有《经史释题》二卷，入“目录类”，已佚。《南部新书》卷丙曰：“李肇自尚书郎守澧阳，人有藏书者，卒藏玩焉，因著经史目录。”可征李肇学识淹贯。又因他长期担任中书舍人、翰林学士等要职，又身处元和、长庆之间，交

① 原载“中央研究院”《历史语言研究所集刊》第十五本，1948 年版；后收入《郎官石柱题名新考订(外三种)》，上海古籍出版社 1984 年版。参看李一飞《〈唐国史补〉作者李肇行述考略》，载《文献》1991 年第 3 期。

② 载王梦鸥《唐人小说校释》下册二十二《南柯太守传》叙录，台湾正中书局 1985 年版。

③ 载《四库提要订误》，书目文献出版社 1990 年版。

往者多一时名人，因此《国史补》的内容极为丰富。

李肇《国史补序》曰："昔刘𫗧集小说，涉南北朝至开元，著为《传记》。予自开元至长庆撰《国史补》，虑史氏或阙则补之意，续《传记》而有不为。言报应，叙鬼神，征梦卜，近帷箔，悉去之；纪事实，探物理，辨疑惑，示劝戒，采风俗，助谈笑，则书之。"可征李肇之写作宗旨。此书本为接续刘𫗧《传记》而作，但排除了鬼神梦幻的成分，也不载男女猥亵之事，这就与志怪的传统划清了界线，确立了纯粹的笔记小说的宗旨。唐代的这类著作，大都在"纪事实，探物理，辨疑惑，示劝戒，采风俗，助谈笑"方面下功夫。注重人事与典章制度，兼采民情风俗，一直在唐代的笔记小说领域中占主导地位。"言报应，叙鬼神，征梦卜"之类文字，则在《定命录》一类著作中有充分的反映；"近帷箔"的文字，如《游仙窟》等，后来演化为一系列的传奇作品。

《国史补》在唐、宋两代发生了巨大影响。像《唐摭言》《北梦琐言》等书，多次征引其中文字。欧阳修著《归田录》，自云依此书为准式。宋代的类书、总集、笔记小说、诗文笺注，征引唐代笔记小说时，要以《国史补》中的材料为多。

李肇著书意在补正国史，故于朝廷政治、官场轶闻及典章制度等方面都有数量甚多的记载，而于文学、哲学与社会风俗等方面也有生动的记叙，如对"元和体"与李邕、崔颢、王维、李白、韦应物、李益、韩愈、元稹、白居易等人的记载，传奇小说的写作，考试制度与职官制度的流变，崇尚门第与游宴的风气等，都是后人经常征引的史料。内中虽亦有个别材料记载有误，然大体说来，足资考证的材料要占绝大多数。

刘宾客嘉话录

【书名及异称】

此书异名甚多。有称《刘公嘉话录》者，有称《刘禹锡佳话》者，有称《刘宾客嘉话录》者，亦有简称《嘉话》《嘉话录》《刘公嘉话》《宾客佳话》等，不一而足。但意义贯通，不难识别。顾名思义，可知此书乃中唐名人刘禹锡的谈话记录。记录者为韦绚，乃刘氏后辈，故韦绚《序》中自称《刘公嘉话录》，其他各种异称当系后出。刘氏曾任太子宾客一职，故此书又称《刘宾客嘉话录》。范摅《云溪友议序》曰："刘梦得撰《嘉话录》，或偶为编次，论者称美。"可见此书当时即享盛誉。

【著录与版本】

《崇文总目》卷二著录《嘉话录》一卷，入"传记类"，其馀各种书目均入"小说"或"小说家"类。《四库全书总目》入"小说家·杂事类"。传世有《顾氏文房小说》本、《稽古堂丛刻》本、《续百川学海》本、《学海类编》本等多种，后列诸本均从《顾氏文房小说》本刻出。顾本有跋云："右韦绚所录《刘宾客嘉话录》，《新唐书》采用多矣，而人罕见全录。圜家有先人手校旧本，因锓板于昌化县学，以补博洽君子之万一云。乾道癸巳十一月旦，海陵卞圜谨书。"则是此本源出南宋。《类说》卷五四节引三十一条，《说郛》张宗祥辑明钞本卷二一节引十七条，皆见顾本，明人之称《嘉话录》，均据此本。然此本之讹窜极为严重。《四库全书总目》作提要时曾指出其中三十九条与李绰《尚书故实》相同,《四库全书》所收者为《学海类编》本,故馆臣以为曹溶窜改旧本所致。今人唐兰、罗联添广为发掘,区别真伪,收获更多。唐氏云:"兰按今本《嘉话录》已非原书,其间多为后人以他书搀入。除卷首'韦绚序'至'蔡之将破'条,凡二十五条,及'石季龙'条至'予与窦丈'条,凡二十条,总计四十五条,是真韦书外,前段搀入《尚书故实》二十七条,《续齐谐记》二条,后段搀入《尚书故实》十条,《隋唐嘉话》二十九条,总计六十八条。"①罗氏云:"总计全书记叙人事一百一十三条,其中误窜的作品竟有六十六条之多,占全书二分之一以上。"②罗氏又从其他书中辑入四十七条。此书经过二人整理,已大体恢复旧观,然其时《永乐大典》影印本初出,二人均未利用,故尚有缺漏,如《永乐大典》卷之一万二千四十四《酒·罚酒》内引《刘公嘉话》言顾少连一条,卷之二千九百七十九《人·知人》内言元伯和一条,二人均未收入。可知此书尚可进一步加工整理。

【内容之分析】

韦绚一共记下了两位名人的谈话录,一为记李德裕谈话之《戎幕闲谈》,一为记刘禹锡谈话之《刘公嘉话录》,二者均有重要价值。

韦绚,字文明,为顺、宪两朝宰相韦执谊之第三子,元稹之婿。德宗贞元十七年(801)生,穆宗长庆二年(822)赴夔州向刘禹锡问学。韦氏后于大和二年(828)应贤良方正能直言极谏科及第,大和五年任剑

① 《〈刘宾客嘉话录〉的校辑与辨伪》,载《文史》第四辑,中华书局 1965 年 6 月版。

② 《〈刘宾客嘉话录〉校补及考证》,载台湾《幼狮学志》二卷一期、二期,1963 年 1 月、4 月;后收入《唐代文学论集》,台湾学生书局 1989 年版。

南西川节度巡官，撰《戎幕闲谈》。文宗大和六年回朝任校书郎，文宗末年由左补阙迁起居舍人。其后曾任吏部员外郎与司封员外郎之职。宣宗大中十年(856)五十六岁时，任江陵少尹，正式撰写《刘公嘉话录》。懿宗咸通四年(863)至七年任义武军节度使，易定观察处置、北平军使等职，此后不详。

刘禹锡，字梦得，中唐名人，《旧唐书》卷一六〇、《新唐书》卷一六八有传。刘禹锡与韦执谊于顺宗时一起参加了著名的永贞革新，后因失败而遭严谴，然二家之深切关系，一直保持。刘禹锡视韦绚为子侄辈，故所言亲切有味，又加刘氏学识俱佳，阅历丰富，故此一卷文字内容甚为丰富。唐兰云："绚所记刘语，实不仅幼年从学之时，'李程善谑'一条，谓程讥李石太和九年(835)冬朝廷有事之时而登庸，又'开成末年韦绚为起居舍人'条，谓刘氏望魏谟善事朝廷，均已在文宗末年矣。按刘氏以开成元年(836)为太子宾客分司东都，始离外任，绚所记当有在此年以后之语也。"

刘禹锡与当时著名文人如韩愈、柳宗元、杨敬之、李程、牛僧孺等均有交往，故其所作评论，可供探究其时文坛纷争之背景。如言柳宗元自谓其《平淮夷雅》胜过韩愈《平淮西碑》，又称颂段文昌重为《淮西碑》文势之善，均可觇知刘、柳之文艺观点有别于韩愈，而刘禹锡又因崔群事而直斥韩愈为"太轻薄"，可知二人因前时政见不同，一直心存芥蒂，难以消释。

文中介绍一些人物的习性，可供知人论世之助，如言李程任鄂州刺史时善谑事，可证《旧唐书·李程传》"滑稽好戏"之说可信。杜佑自言致政之后愿入市看盘铃傀儡，可知其时之民情风俗。又如记雷万春中箭后仍屹立不动，李揆入蕃对答之语，均已采入《新唐书》中。书中详记元载一家之下场，亦可见其材料可贵。

《刘公嘉话录》中还有许多讨论经史与诗文的文字，还有一些考证实物的文字，也一直为学界所征引，如“为诗用僻字，须有来处”等，后代作诗者大都遵行。故唐兰指出：“韦绚此书，在当时实为创作。盖杂记之书，大抵述故事，陈怪异，而此书或讨论经传，评骘诗文，前所未有也。”

开天传信记

【书名及异称】

《新唐书·艺文志》“杂史类”有郑棨《开天传信记》一卷，《中兴馆阁书目》(《玉海》五一引)、《郡斋读书志》(袁州本)误作《开元传信记》。有的书籍则简称之曰《传信记》《开元记》，亦有称之为《明皇传信记》者。八千卷楼旧藏明覆宋本《开天传信录》一卷，今藏南京图书馆。郑棨《开天传信记序》曰:“窃以国朝故事，莫盛于开元、天宝之际。……承平之盛，不可殒坠。辄因簿领之暇，搜求遗逸，传于必信，名曰《开天传信记》。”

【著录与版本】

《新唐书·艺文志》《崇文总目》《通志·艺文略》《郡斋读书志》《直斋书录解题》均作一卷，入“杂史类”。《遂初堂书目》亦入“杂史类”。《宋史·艺文志》与《四库全书总目》入“小说家类”，亦作一卷，后者归入“异闻之属”。传世有《百川学海》本、《学津讨原》本等多种，另有《荥阳杂俎》八种本，分为二卷。《百川学海》本录文三十二条，较佳。此书有民国十年博古斋影印明刻本，民国十六年陶湘影刻宋本配明弘治本。1985 年上海古籍出版社有《开元天宝遗事十种》本，亦据《百川学海》本排印。明人刻本，如《历代小史》《唐人说荟》《唐代丛书》诸本，皆不全。

【内容之分析】

宋代书目所记录的作者名字，均作郑棨。宋本《资治通鉴考异》引此书时，则署名郑綮。郑綮，字蕴武，荥阳人。綮好以诗谣托讽，昭宗时尝拜相，所谓“歇后郑五作宰相，时事可知”者，《旧唐书》卷一七九、《新唐书》卷一八三有传，卒于光化二年（899）。《四库全书总目提要》即径作郑綮，后人遂以“棨”“綮”相通为说。实则此说颇有扞格难通处。一、仕履不合。宋代书目均云郑棨官吏部员外郎，《旧唐书》本传历叙郑綮仕履，称其尝历监察、殿中，仓、户二员外，金、刑、右司三郎中，未见有吏部员外郎之说。二、《太平广记》卷三二有《颜真卿》一条，中引“别传”，言颜氏尸解事，出于《仙传拾遗》及《戎幕闲谈》《玉堂闲话》。察此文所在位置及行文风格，当出《戎幕闲谈》，而内有“《开天传信记》详而载焉”之句。《戎幕闲谈》为韦绚记录李德裕之谈话而成，《说郛》（宛委山堂本卷四六、张宗祥辑明钞本卷七）中尚保留有韦绚《戎幕闲谈序》，知撰稿时在大和五年（831），则是《开天传信记》一书早在文宗之前已经问世。郑棨事迹不详，然与郑綮当系二人。

《开天传信记》共有文字三十二条，中如玄宗兄弟友爱特甚、姚元崇议除蝗、宁王审音之妙、严安之划界境、苏瓌初未知颋、吴道玄等合制金桥图、玄宗题剑门诗、玄宗爱安禄山为子等条，均有重要的史料价值。然此书喜欢记载一些怪异事迹，中如罗公远、叶法善、万回师、一行及东明观道士等人的轶闻，有十四条之多，未必可信，然可觇知唐时喜欢神怪之社会风气。

书中有的记载传闻失实，如首条言玄宗纳王琚之谋，起兵勘定韦氏之祸。《资治通鉴考异》卷十二玄宗先天元年“八月，王琚为中书侍郎”下引《开天传信记》此文而未用其说，《四库全书总目》提要又从而驳正，其误益明。

次柳氏旧闻

【书名及异称】

此书时而简写为《柳氏旧闻》。《册府元龟》卷五五六《国史部·采撰三》载“李德裕为中书侍郎平章事。太和八年九月己未进《柳芳旧闻》三卷”,《柳芳旧闻》即《柳氏旧闻》。《唐会要》卷三六《修撰》载大和八年“九月,宰相李德裕进《御臣要略》《次柳氏旧史》”。《太平广记》引此书时则作《柳氏史》。而如《类说》卷二一、《绀珠集》卷五、《说郛》(宛委山堂本)卷五二、《学海类编》中收入此书,均题《明皇十七事》。宋代类书如《白孔六帖》等亦题《明皇十七事》。

【著录与版本】

《旧唐书·文宗纪》太和八年九月“己未,宰臣李德裕进《御臣要略》及《柳氏旧闻》三卷”,《新唐书·艺文志》“杂史类”则载李德裕《次柳氏旧闻》一卷,可知《御臣要略》共二卷,乃另一书。宋代各家书目著录均作一卷,《崇文总目》入“传记类”,《遂初堂书目》入“小说类”,《宋史·艺文志》入“故事类”,馀入“杂史类”,《四库全书总目》归入“小说家·杂事类”。此书版本甚多,皆为一卷,以《顾氏文房小说》本为善。近人叶德辉尝刻此书入《郎园先生全书》,且撰《考异》一卷。上海图书馆藏有清青芝山房钞本。上海古籍出版社1985年有丁如明《开元天宝遗事十种》本。馀不具录。

【内容之分析】

李德裕，唐代中期名臣，牛李党争中李党的党魁，宰相李吉甫子，《旧唐书》卷一七四、《新唐书》卷一八〇有传。生平著述甚多。此书的著作缘起，《次柳氏旧闻》自序中介绍得很清楚。唐文宗想了解高力士的事迹，宰相王涯奏称，肃宗上元时史臣柳芳得罪，贬谪黔中，时高力士亦徙巫州，于是以明皇时禁中事告柳芳，柳芳亦有质疑者，随后写下《问高力士》一书。文宗诏令求取，而此书亡佚不传。李德裕之父李吉甫与柳芳子吏部郎中冕贞元中俱为尚书郎，后李谪官，与柳俱东出，相与语，道及高力士之说。李吉甫每为德裕言之，于是李德裕遂录十七事以进。

宋代书目，如《郡斋读书志》《直斋书录解题》中均记此书共有十七事，只是此书问世不久，柳珵《常侍言旨》中即记载有异闻一则，《说郛》（宛委山堂本）卷四九《常侍言旨》中第一事记李辅国矫诏胁迫明皇迁西内事，末曰："此事本在朱崖太尉所续《桯史》第十六条内，盖以避时事，所以不书也。"《四库全书总目》提要据此以为此书初名《桯史》。实则"桯"乃误字，《说郛》（张宗祥辑明钞本）卷五《常侍言旨》记此书作《柳史》。《柳史》乃《次柳氏旧闻》之简称。

《类说》卷二一《明皇十七事》中，比起其他本子，如《顾氏文房小说》本等，多出《阿瞒》《翦彩》《颜真卿地仙》《颜郎衫色如此》《客土无气》五条文字，实则此乃《戎幕闲谈》中文。此书为韦绚记录李德裕之谈话而成，史源相同，宋人合编，从而造成混淆。《绀珠集》卷五《明皇十七事》题下有注，云"柳珵《常侍言旨》附"。此处共摘录十四条文字，自第七条《张果老》至十四条《兴庆小龙》，出自《明皇十七事》，其前《翦彩》《真卿地仙》《客土无气》《颜郎衫色如此》《上清》《陆九》六条，则出于《常侍言旨》。这些文字中又有见之于《戎幕闲谈》者。有关二书之间错综复杂的关系，参看本书《常侍言旨》叙录。

《顾氏文房小说》本中的玄宗诏掖庭令选女子赐太子与一殿有三天子两条，应依《说郛》宛委山堂本卷三六《次柳氏旧闻》、卷五二《明皇十七事》合为一条，再加上《说郛》本中的第十一条，即明皇为安禄山张金鸡障一条，如此始合“十七事”之数。而《说郛》宛委山堂本《次柳氏旧闻》末尾尚有明皇亲制素黄文一条，《宝颜堂秘笈》本与《学海类编》本中亦附入，《开元天宝遗事十种》加入《附录》之末，亦应删去。《明皇十七事》大体按年代排列，这一条文字记录天宝四载事，按古籍编次常规，不应列于谐谑类的文字之后，可以认为乃后人所加。其他本子，如《历代小史》本、《宝颜堂秘笈》本、《稗乘》本等，条目与内容均有不同，不再细辨。

李德裕在记载高力士口述的明皇轶事时，还时而加注，表明曾向他人核对，如言圣善寺僧无畏召龙致云事，曰：“时孟温礼为河南尹，目睹其事。温礼子皞，尝言于臣亡祖先臣，与力士同。”又如言吴后梦金甲神降附而生代宗，其后乃有一殿三天子之说，文中先后有注曰：“吴操尝言于先臣，与力士说符。”“吴溱尝言于先臣，与力士说亦同。”《次柳氏旧闻》中这样张皇神异之处颇多，内如元献皇后服药、张果饮堇汁、兴庆宫小龙等，均涉神怪，大约高力士本人颇喜以神异之事渲染帝王事迹，而李德裕本人也喜欢张皇神异，观《戎幕闲谈》的内容即可知。《新唐书》卷七七《后妃下・章敬吴太后传》中采录了《次柳氏旧闻》中的吴后梦金甲神降附而生代宗及一殿三天子事，吴缜《新唐书纠谬》卷一即加以驳正，说明李德裕所记事实亦有不可信处。

戎幕闲谈

【书名及异称】

这是一部李德裕的谈话记录，韦绚笔记。李德裕时任西川节度使，故称“戎幕”。

【著录与版本】

《新唐书·艺文志》“小说家类”载韦绚《戎幕闲谈》一卷，《崇文总目》《通志·艺文略》《郡斋读书志》《直斋书录解题》《宋史·艺文志》全同。《遂初堂书目》亦入“小说类”而不著卷数撰人。《文渊阁书目》卷八“子杂类”有李德裕《戎幕闲谈》一部，一册；钱溥《秘阁书目》“子杂”有李德裕《戎幕闲谈》一（册）；《上善堂宋元板精钞旧钞书目》有旧钞《戎幕闲谈》一卷，注“叶石君跋、孙岫藏印”；《稽瑞楼书目》有钞本《戎幕闲谈》一册，似明清时尚有传本，然今已失传。《太平广记》录文十五条，《类说》卷五二录文九条，《说郛》（宛委山堂本卷四六、张宗祥辑明钞本卷七）录韦序及文五条，其他类书中亦偶有征引。

【内容之分析】

韦绚事迹，详见本书《刘宾客嘉话录》叙录；李德裕事迹，详见《次柳氏旧闻》叙录。

李德裕自撰《次柳氏旧闻》，又向韦绚口述故事，韦绚笔录而成《戎幕闲谈》，二书篇幅都不大，后人合编，从而造成混淆，乃有将《戎幕闲谈》中文标为《次柳氏旧闻》者。例如《类说》卷二一《明皇十七事》中，比起其他本子，多出《阿瞒》《翦彩》《颜真卿地仙》《颜郎衫色如此》《客土无气》五条，实则此为《戎幕闲谈》之文。《绀珠集》卷五《明皇十七事》题下有注，云"柳珵《常侍言旨》附"，其中亦有《翦彩》《真卿地仙》《客土无气》《颜郎衫色如此》等条，与《戎幕闲谈》中文有相合处。盖有关上述故事，李德裕得之于其父李吉甫，李吉甫则闻之柳冕，柳珵为柳冕之子，书中故事得之于伯父柳登，柳登尝官散骑常侍，故书名《常侍言旨》。《戎幕闲谈》《常侍言旨》二书之材料同源异脉，故多重出。

韦绚《戎幕闲谈序》曰："赞皇公博物好奇，尤善语古今异事。当镇蜀时，宾佐宣吐，亹亹不知倦焉。乃谓绚曰：'能题而记之，亦足以资于闻见。'绚遂操觚录之，号为《戎幕闲谈》。大和五年(831)十一月二十三日巡官韦绚引。"序中已把李德裕的个人特点介绍得很清楚。此人虽重事功，而在文学方面，则喜夸张神异。盖李氏为一虔诚之道教徒，故传述之事多神仙道化之说，有关颜真卿、泓师等数文即可觇知。宋邵博《邵氏闻见后录》卷二七曰："牛僧孺、李德裕相仇，不同国也，其所好则每同。"可知此亦中唐时期的社会风气。

《太平广记》卷四二四引《戎幕闲谈》，题《费鸡师》，叙蜀川异人费鸡师事，中云"韦绚长兄为杜元颖从事，其弟妹皆识费师"。按《新唐书·宰相世系表》韦氏龙门公房载韦执谊四子，长子曰曙。杜元颖于长庆三年十月罢相，除成都尹、剑南西川节度使，见《旧唐书·穆宗本纪》。《酉阳杂俎》前集卷五《怪术》亦载费鸡师事，云是"成式长庆初见之，已年七十馀"。则是费鸡师实有其人。段成式亦尝任李德裕幕僚，喜好类同。宋道士陈葆光《三洞群仙录》卷七节引，题《鸡师救病》。

《太平广记》卷一四三《李德裕》条，载文水县武士彟碑忽失龟头所在，碑上有“武”字十一处，皆镌去之。不经半年，武元衡遇害。按赵明诚《金石录》卷二五《跋尾十五·周武士彟碑》则谓此碑尚存，“武”字“刻画完好，无讹缺者”。可知书中内容多道听途说，仅供谈助而已。

《太平广记》卷四六七《李汤》条，注出《戎幕闲谈》，叙巫支祁事，文前明言此乃杨衡告李公佐而撰述，文末又言此事与《古岳渎经》第八卷所记相合。则是此文当是李公佐所撰，而非出自李德裕所述。王十朋《集注分类东坡先生诗》卷二《濠州七绝·涂山》“川锁支祁水尚浑”句下程缜注引《古岳渎经》：“禹治水，至桐柏山，获淮涡水神，名曰巫支祁。善应对，辨淮之浅深，源之远近，而神有庚辰者，锁于龟山之足，而淮乃安流。唐时有渔者钓得一古锁，牵出，其末有如猕猴者，盖此物。”史容《山谷外集诗注》卷十四《别蒋颖叔》注引《异闻集》略同。可见此文曾编入陈翰《异闻集》。

常侍言旨

【书名及异称】

常侍，散骑常侍之简称。常侍备侍从顾问，唐代为名位甚高之荣誉职务。《直斋书录解题》“小说家类”载《柳常侍言旨》一卷，提要曰：“唐柳珵撰。常侍者，其世父芳也。凡六章，末有《刘幽求》及《上清传》。”陈氏此说实误。柳芳从未任过散骑常侍之职。河东柳氏一门为史学世家，其中只有柳登尝官散骑常侍，见《旧唐书》卷一四九、《新唐书》卷一三二《柳登传》。柳芳子二人，长子柳登，次子柳冕。柳登子柳璟，柳冕子柳珵。柳登承其父芳之遗绪，也喜谈当朝轶事。《郡斋读书志》（袁州本）“小说类”中记作“柳珵记其世父登所著”，世父即伯父。《永乐大典》卷之七千七百五十六·十九庚《形·死后全形》曾引《柳常侍言旨》叙颜真卿地仙事。

【著录与版本】

《新唐书·艺文志》“小说家类”著录柳珵《常侍言旨》一卷，《崇文总目》入“传记类”，《通志·艺文略》《郡斋读书志》《遂初堂书目》入“小说类”，《直斋书录解题》《宋史·艺文志》入“小说家类”，均作一卷。《文渊阁书目》卷六“史杂”内有“《常侍言旨》一部，一册”。可知此书至明代中叶之前尚存，然不知是否仍为柳珵原书之旧。

《太平广记》中不收此书。《绀珠集》卷五《明皇十七事》题下注称

"柳珵《常侍言旨》附"。其中共摘录十四条文字，自第七条《张果老》至十四条《兴庆小龙》，实出《明皇十七事》；其前《翦彩》《真卿地仙》《客土无气》《颜郎衫色如此》《上清》《陆九》六条，应当就是《常侍言旨》中的文字。《说郛》（宛委山堂本）卷四九有《常侍言旨》，共录《李辅国》《杨妃好荔枝》《安禄山心动》《玄宗思张公》《玄宗幸长安》《李唐讽肃宗》六条，其中第一条并见张宗祥辑明钞本《说郛》卷五，当为原书所有，其他五条则均见李肇《国史补》卷上，显非原书所有。《资治通鉴》肃宗上元元年六月亦记《说郛》中第一条所叙之事，内云"上又命玉真公主，如仙媛，内侍王承恩、魏悦及梨园弟子常娱侍左右"，《考异》曰："《常侍言旨》作九仙媛，《唐历》作九公主、女媛，今从新、旧《传》，盖旧宫人也。"说明《常侍言旨》中确有这一条文字。又《资治通鉴》肃宗至德二载叙上皇与肃宗在处分张均、张垍的问题上持不同意见，《考异》引柳珵《常侍言旨》，叙事颇详，司马光后加按语曰："肃宗为李林甫所危时，[张]说已死，乃得均、垍之力。均、垍以说遗言尽心于肃宗耳。今略取其意。"可知《常侍言旨》之记叙在细节上还有不尽正确之处。《唐人说荟》内亦有《常侍言旨》一书，与《说郛》本类同，只是增加了《浮屠泓戒张说》一文，即《绀珠集》卷五附《常侍言旨》中的"客土无气"一条，《天中记》卷七、十四引此，均云出《常侍言旨》。

《郡斋读书志》《直斋书录解题》均云此书内有六章，后附《刘幽求传》与《上清传》二文。六章即六篇自成起讫的小说，后附两篇传奇。六篇小说的名字已难确知，但应该包括《李辅国》《泓师》《颜真卿》等几篇在内。《上清传》已收入《异闻集》，今见《太平广记》卷二七五引，又见《资治通鉴考异》卷十九；《刘幽求传》之佚文则保存在《唐语林》卷三，今为《夙慧门》最后一条，实为《豪爽门》之首条。

【内容之分析】

柳珵，两《唐书》无传，事迹不详。所撰《上清传》传奇，为窦参翻案，攻击陆贽一党。盖李吉甫曾蒙窦参提拔赏识，而为陆贽所贬逐，说明柳、李两家政治态度上有一致之处。其后李吉甫与柳冕又关系深切，李吉甫将从柳氏处听到的明皇时轶事告知李德裕，李德裕乃撰《次柳氏旧闻》一卷。而李德裕于西川节度使任上与巡官韦绚闲谈时亦曾屡次言及前朝旧事，内多与《常侍言旨》中之故事相重合者。《太平广记》卷二二四《范氏尼》、七七《泓师》、三二《颜真卿》条，其下均注出《戎幕闲谈》，与《绀珠集》卷五所附之柳珵《常侍言旨》第四条《颜郎衫色如此》、第三条《客土无气》、第二条《颜真卿地仙》相合，可知《戎幕闲谈》《常侍言旨》二书同源异脉，故内容多相同处，然细小处仍有差异。如《李辅国》一条，《太平广记》卷一八八引《戎幕闲谈》，于“既而九仙媛、力士、玄礼长流远恶处”句下，接着说：“此皆辅国之矫诏也。时肃宗大渐，辅国专朝，意西内之复有变故也。”《说郛》(张宗祥辑明钞本)卷五《说郛》下则云：“此事本在朱崖太尉所续《柳史》第十六条内，盖以避时事，所以不书也。”明示此乃《常侍言旨》之原文，《戎幕闲谈》中不可能出现这种语气。

《常侍言旨》将前面六个故事与后面两篇传记区别开来，反映了唐人学术观点上的新变。两相比较，可知后面两篇传记，即今人称之为传奇者，与历史事实距离较远，中多夸饰、渲染与虚构之处，这类作品近于今人之所谓小说。前面六个故事基本上是按历史的原貌记录的，尽管情节也颇曲折，文字也很生动，但手法仍较朴实，与后面二文不同，所以柳珵区别对待，仍将之作为历史作品看待。若以今日之术语标示，则应称之为历史小说。

柳珵写作《常侍言旨》的年代，已在韦绚作《戎幕闲谈》之后，其中已称李德裕为“朱崖太尉”，说明其时已在宣宗贬逐李德裕之后。

明皇杂录

【书名及异称】

此书书名甚为明白，亦无异称。

【著录与版本】

此书诸家书目均入“杂史类”，唯《宋史·艺文志》入“故事类”，《四库全书总目》则入“小说家·杂事类”。

《旧唐书·郑馀庆传》云郑处诲有《明皇杂录》三篇，《崇文总目》《新唐书·艺文志》《宋史·艺文志》均作二卷，《郡斋读书志》于二卷外，又有《别录》一卷，“题《补阙》，所载十二事”。《直斋书录解题》则作一卷，当系误记。《四库全书总目》于正文二卷外，又有《补遗》一卷，而《提要》中又称之为《别录》，当因改称而生歧异。《提要》又以为古今卷数之所以有出入，“史并《别录》数之，晁氏析《别录》数之也”。从而产生了三卷、二卷之别。张海鹏刻《墨海金壶》本，从文澜阁本刻出；钱熙祚辑《守山阁丛书》，据《墨海金壶》本板片重印，且作校勘，并辑录散见诸书之《逸文》三十馀条，乃称传世最佳之本。钱氏于《校勘记》中云是书有五不可解，“窃意原本三篇，晚定二卷，或经散佚，好事者重为缀辑，其所不及，后人又录为《补遗》。晁氏所见，已非原本”。田廷柱在此基础上又作了点校与辑佚，1994 年中华书局出版，列入《唐宋史料笔记丛刊》，已成目下最便应用之本。

据严杰考证，今本卷上、卷下各十四条，《太平广记》中都有引文，逐条对照，可以判断二卷确从《广记》辑出。二卷中之文字保留着《广记》改写后的痕迹，上标“唐”字，以示其产生时代，且条文顺序亦与《广记》中的顺序大致相对应。① 钱熙祚在《守山阁丛书》的《校勘记》中说：“《录》中事实，前后颠倒，绝无伦次。”则是未能明白其条文所依据之底本所致。《明皇杂录》卷下张果一条，录自《太平广记》卷三十，末注：“出《明皇杂录》《宣室志》《续神仙传》。”今本即全部录入；又如《补遗》内僧一行一条，录自《广记》卷九二，末注：“出《开天传信记》及《明皇杂录》《酉阳杂俎》。”今本亦将后二书照录。这些地方足以证明今本文字确是辑自《太平广记》。又《补遗》十二条，乃从《太平广记》与《太平御览》中辑出，计前七条辑自《广记》，后五条辑自《御览》。

按《资治通鉴考异》中约有八条文字引自《明皇杂录》，其中卢怀慎、杨慎矜事亦见《广记》，而《明皇杂录》失载。《类说》《绀珠集》之引文中，也有许多文字不见今本《明皇实录》，《说郛》（张宗祥辑明钞本）中也有四条不见今本正文与《补遗》。由此可知，《明皇杂录》一书至元代时尚有完本。传世各本均有残缺，故今人尚可作进一步加工整理。

【内容之分析】

作者郑处诲，乃德宗朝宰相郑馀庆之孙，大和八年（834）登进士第，后历任刑部侍郎、浙东观察、宣武节度使，咸通八年（867）卒于任。《旧唐书》卷一五八、《新唐书》卷一六五附《郑馀庆传》。《旧传》云字延美，《新传》云字廷美，未知孰是。《旧传》云：“为校书郎时，撰次《明皇

---

① 严杰《〈明皇杂录〉考》，载南京大学古典文献研究所编《古典文献研究》（1991—1992），南京大学出版社 1994 年版。

杂录》三篇，行于世。”《新传》则云：“先是，李德裕《次柳氏旧闻》，处诲谓未详，更撰《明皇杂录》，为时盛传。”史载明白，容无疑义，然《崇文总目》署作者之名曰“原释赵元”，高似孙《史略》卷五则署名曰“赵元一”，则是误与撰《奉天录》四卷之作者相混。《玉海》卷五八《艺文录》引《中兴书目》，曰：“《明皇杂录》二卷，大中九年(855)校书郎郑处诲杂记玄宗承平之事，虽微必录，已见于太史者不言。”《直斋书录解题》亦云“校书郎郑处诲撰”，“大中九年序”，此序今佚。《旧唐书》本传言大和八年登进士第，为校书郎时撰此书，则是成书于文宗时，距《次柳氏旧闻》问世之时不久，于理为合。《旧唐书·宣宗本纪》记大中三年十一月“以职方员外郎郑处诲兼御史知杂”，杜牧《集》中载有制词，则大中九年为校书郎之说，其误显然。疑“大中”为“大和”之讹，《中兴书目》等书之记载均不可信。

《明皇杂录》中多记载其时卿相大臣之轶闻，如李林甫、杨国忠、王鉷、王毛仲辈之骄横擅权，有生动之记叙；李龟年、冯绍正、王维、郑虔等人之技艺，有生动之描述；张果、李遐周、一行等人之道术，亦尽铺张之能事，故书中反映玄宗一代之情况方面甚广，甚有参考价值。唯郑氏所记之事，以性质类同之故，每与《次柳氏旧闻》《开天传信记》等书相混，尤以《补遗》与《逸文》中之文字为甚，研究者使用时当慎择而详辨之。

《资治通鉴考异》卷十三开元二十四年“十一月，李林甫日夜短九龄于上，上浸疏之”下，引《明皇杂录》云：“于时方秋，上命高力士以白羽扇赐之，九龄惶恐，作赋以献。”又云：“新《传》亦云。”然“《九龄集·白羽扇赋序》云：‘开元二十四年夏盛暑，奉敕使大将军高力士赐宰相白羽扇，九龄与焉。窃有所感，立献赋云云。’敕报曰：‘朕顷赐羽扇，聊以涤暑，佳彼劲翮，云资利用，与夫弃捐箧笥，义不同也。’然则上以盛夏遍赐宰臣扇，非以秋日独赐九龄，但九龄因此献赋，自寄意耳”。叶梦得《避暑录话》卷上引此说明《明皇杂录》之误,《四库全书总目》提要亦引以说明"处诲是书亦不尽实录"。又《明皇杂录》中有死姚崇算生张说一条,岑仲勉据《张说集》卷十四《梁国文贞公碑》,知"碑固由崇子所请,奉敕特撰,玄宗且亲自书之,后人特因崇、说不睦,故有此说耳"。[1] 然《资治通鉴》正文中用此书者约有十馀条之多,足见司马光甚重视此书。

① 见《唐集质疑》中《张说撰姚崇碑》一文,上海古籍出版社纳入《唐人行第录》(外三种)内,1978 年版。

大唐传载

【书名及异称】

此书原名《传载》。作者《自序》称，著此书的目的为"传其所闻而载之，故曰《传载》"。宋人为明示时代计，上加"大唐"二字，如《类说》卷四五即称《大唐传载》。《太平广记》引文，一般均作《传载》，又有个别条文称为《传载录》或《传载故实》。当时或有若干集子取此名字，但与《传载》中文字无异。

【著录与版本】

《新唐书・艺文志》"杂史类"有《传载》一卷，不著作者名字。《崇文总目》亦作一卷，入"传记类"，《遂初堂书目》入"杂史类"，《宋史・艺文志》作一卷，入"小说家类"。《四库全书总目》亦作一卷，入"小说家・杂事类"，唯馆臣习见通行本称《大唐传载》，遂谓唐、宋《艺文志》均不载此书，失察之甚。陈景云注《绛云楼书目》，称是书为"林恩撰，晚唐人"。盖《新唐书・艺文志》"杂史类"著录林恩《补国史》十卷，其下即接《传载》，故误以为后书亦林恩所作。1958年中华书局上海编辑所据《守山阁丛书》本排印，在《出版说明》中又说："《唐书・艺文志》史部有僖宗时《进士传载》一卷，大概就是指的这书。"则是又把"僖宗时进士"五字误缀于上，实则这是上列一书"林恩《补国史》十卷"下所附的原注，指的是林恩为僖宗时进士。诸书介绍时粗心大意，反而增加了不少混乱。

此书世无善本。《绛云楼书目》《述古堂藏书目》均载，似已佚去。铁琴铜剑楼曾藏明钞本一部，皕宋楼曾藏旧钞本一部，均未寓目。北京图书馆藏有清顺治四年孙明志钞本。《守山阁丛书》本据《四库全书》本刻出，曾据《太平广记》《唐语林》略作雠校，算是较好的一种。

【内容之分析】

刘餗《隋唐嘉话》原名《传记》，易与《传载》一名相混，如《说郛》张宗祥辑明钞本卷三八所著录之《传载》一书，凡录十一条，除首条载吴均事外，即是刘餗《传记》中文，宛委山堂本卷三十二录十八条，首十条同；《太平广记》中有些标名《传记》的文字，则是《传载》中文，例如《太平广记》卷二〇一《房琯》、二〇三《瑟》、二〇四《汉中王瑀》、二〇五《李龟年》《汉中王瑀》等条，所记非唐初人物，故不能入《传记》之中。又今本《大唐传载》自"李英公为姊煮粥"以下六条，皆出《隋唐嘉话》卷上，仅文字小有异同而已。

《传载》一名，又易与裴铏《传奇》一书相混，如《太平广记》卷四二四《五台山池》一条，原注"出《传奇》"，实则出于《传载》，《广记》明钞本注"出《传载》"不误。

此书《序》称："八年夏，南行极岭峤，暇日泷舟，传其所闻而载之。"严杰据杨嗣复事与李听事考定，此指文宗大和八年(837)，盖书中"徐家肺沈家脾"条言及"杨东川嗣复"，而据《旧唐书》本传，杨嗣复于大和七年为剑南东川节度使，九年为西川节度使；又"李愿司空兄弟九人四有土地条"叙李听历七节度，最后在凤翔任上，据《旧唐书·李晟传》，李听于大和七年出守凤翔，九年改陈许，可知《序》中所言当为大和八年无疑。①

严杰进而考定此书作者为韦瓘。《序》中所言之“泷舟”乃指泷水行舟，韦瓘于大和八年谪官康州刺史，故《序》称穷愁而撰是书。韦瓘为韦夏卿弟正卿之子，事迹附《新唐书·韦夏卿传》。韦瓘与李德裕相善，世传为《周秦行纪》的作者，故书中言及韦夏卿、李吉甫、李德裕事，颇有美言。

钱熙祚《大唐传载跋》中说：“《广记》二百一引陆鸿渐事，二百七十八引豆卢署事，并多至百二、三十字，疑原书已佚，此系后人删节之本。”然而也找不到更多的证据来证成此说。然今本确是文字简短，近于随笔。所记之事，偏于中唐一段。记载的内容很广泛，诸如公卿轶事、历史传说、典章制度、民情风俗，其中有关历史事实的一些文字，曾为新、旧《唐书》和《资治通鉴》等书所采用，其他记叙唐代社会琐屑小事的一些文字，或有助于考订。

---

① 严杰《〈大唐传载〉考》，载《古籍整理研究学刊》1990年第5期。

谭宾录

【书名及异称】

“谭”当作“谈”。“谈”改作“谭”，乃避武宗讳。《因话录》卷五：“武宗皇帝庙讳炎，改两火相重。其偏旁言谈字已改为‘谭’，淡改为‘澹’。”“谈宾”一词，诗文习用，刘琨《答卢谌》诗：“素卷莫启，幄无谈宾。”刘禹锡《送卢处士归嵩山别业》诗：“送君从此去，铃阁少谈宾。”“谈宾”即是“谈笑之宾客”意。

【著录与版本】

《新唐书·艺文志》“小说家类”著录胡璩《谭宾录》十卷，原注：“字子温，文、武时人。”《崇文总目》入“传记类”，《通志·艺文略》入“杂史类”，云是“杂载唐世事，正史遗者”；《郡斋读书志》仍著录于“小说类”，亦作十卷，云：“唐胡璩子温撰，皆唐朝史之所遗。文、武间人。”《遂初堂书目》亦入“小说类”，不著撰者与卷数。《宋史·艺文志》“小说家类”则作胡璩撰，五卷。“璩”字当系“璩”字之误。胡璩生平事迹已无可考。清末丁丙八千卷楼与陆心源皕宋楼各藏有旧钞本十卷，系纂辑而成，均非原帙。明代不见著录。《太平广记》引此书一百二十条，《类说》引文九条，《绀珠集》引文八条，张宗祥辑明钞本《说郛》卷三《谈垒》之十与卷七三共引文六条。《说郛》中文或即钞自《类说》与《绀珠集》。

【内容之分析】

按照《太平广记》中的引文来看,《谭宾录》中的绝大多数条目记载的是唐代帝王将相的轶事,也有社会上一些名人的轶闻,《郡斋读书志》上说是“皆唐朝史之所遗”,核诸实际,则是以为出自唐人所修之史书。《旧唐书·韦述传》曰:“国史自令狐德棻至于吴兢,虽累有修撰,竟未成一家之言。至述始定类例,补遗续阙,勒成《国史》一百一十三卷,并《史例》一卷,事简而记详,雅有良史之才,兰陵萧颖士以为谯周、陈寿之流。”《柳登传》曰:“父芳,肃宗朝史官,与同职韦述受诏添修吴兢所撰《国史》,杀青未竟而述亡,芳绪述凡例,勒成《国史》一百三十卷。上自高祖,下止乾元,而叙天宝后事,绝无伦类,取舍非工,不为史氏所称。然芳勤于记注,含毫罔倦。属安史乱离,国史散落,编缀所闻,率多阙漏。上元中坐事徙黔中,遇内官高力士亦贬巫州,遇诸途。芳以所疑禁中事咨于力士。力士说开元、天宝中时政事,芳随口志之。又以《国史》已成,经于奏御,不可复改,乃别撰《唐历》四十卷,以力士所传,载于年历之下。”《唐历》乃私人著作,不能视作国史。自此之后,国史的撰述已不像前期那么正常,但仍有人负责纂修,新、旧《唐书》上时而记载某人“监修国史”,即可推知。

赵翼《陔馀丛考》卷十有《〈旧唐书〉多国史原文》一条,《廿二史札记》卷十六有《〈旧唐书〉前半全用实录国史旧本》一条,后文云“如《郭子仪传》,乃裴垍所修,首尾整洁,无一酿词。因此可知唐史官之老于文学也”。新、旧《唐书》本传均云裴垍于宪宗元和时监修国史,而《旧唐书·郭子仪传》文后有“史臣裴垍曰”的一段评论,足证《郭传》正在裴垍担任监修国史时完成。

《太平广记》卷一七六《郭子仪》条共收两段文字,均出《谭宾录》。

持与《旧唐书·郭子仪传》相比勘，前者不见传中，或出《汾阳家传》等文；后者文字类同，可征同出一源。由此可知，《谭宾录》中的一些帝王将相和社会名人的传记，大都出于国史。晁公武之所以有“皆唐朝史之所遗”之说，乃因晁氏能够看到唐代的一些史书，虽然他还不能确定《谭宾录》中的这些文字实出何书，然察其体例，可以判断出于史书则无疑。

贾宪保撰《从〈旧唐书〉〈谭宾录〉中考索唐国史》一文，继诸家之后，进行了更为广泛的比勘，进一步证明了《旧唐书》中很多地方沿用了唐国史中的文字。①《五代会要》卷十八记天福六年四月后晋史官贾纬奏曰：“伏以唐高祖至代宗已有纪传，德宗至文宗亦存实录。”而据贾宪保所发掘的材料，似可说明《旧唐书》中引用的国史年代要往后延长很多。今按《直斋书录解题》“杂史类”著录李公佐《建中河朔记》六卷，提要云：“序言与从弟正封读《国史》至建中、贞元之际，序述河朔故事，未甚详备，以旧闻于老僧智融及谷况《燕南记》所说略同，参错会要，以补史阙。”说明德宗之时的《国史》尚存人间。

唐代的纪传体国史是否可任人抄录阅读，史无明文，难以决断，但国史每以实录为本而编纂，朝廷对实录不太保密，允许人传抄。《唐会要》卷六十三《史馆上·修国史》记贞观十七年房玄龄等上所撰高祖、太宗实录各二十卷，太宗“仍遣编之秘阁，并赐皇太子及诸王各一部。京官三品以上，欲写者亦听”。国史的情况或亦如此。安史乱后，国史散落人间，也就只能任人利用了。《旧唐书·经籍志序》曰：“天宝已后，名公各著文章，儒者多有撰述，或记礼法之沿革，或裁国史之繁略，皆张部类，其徒实繁。”可知天宝之后，文士经常利用国史进行编纂，因此出现了一大批记载唐代史事的传记与杂史。《谭宾录》就是这样的一部著作。

---

① 载黄永年主编《古代文献研究集林》第一集，陕西师范大学出版社 1989 年版。

贾宪保曾举赵涓、于休烈、胡楚宾、王义方、马燧、郭子仪等人的传记，将《谭宾录》中的文字与《旧唐书》相关传记作比较，证明二者同源。他说：

> 在《太平广记》所录121条《谭宾录》佚文中，有37条不见于《旧唐书》，而见于《旧唐书》的84条中，有78条属于上引诸例的情况，即记载与《旧唐书》完全相同，只有6条稍有不同。
>
> 从上述诸例中完全可以看出，《旧唐书》的记载详于《谭宾录》，故不会是修撰《旧唐书》的史官们抄自《谭宾录》。而《谭宾录》成书早于《旧唐书》，自亦不能抄自《旧唐书》。二书必有一个共同的史源，即抄自同一种书。二书相同的记载内容都是较为可信的人物事迹，所抄自的书应是早于二书的正规史书——实录、国史；所记录的人物有大有小，而实录不会为一般人物立传，所以可以肯定，二书所据史书应为纪传体国史。①

从其他材料中也可得出相同的结论。郑嵎作《津阳门诗》，咏华清宫之温汤曰："暖山度腊东风微，宫娃赐浴长汤池。刻成玉莲喷香液，漱回烟浪深逶迤。"注云："宫内除供奉两汤池，内外更有汤十六所。长汤每赐诸嫔御，其修广与诸汤不侔。甃以文瑶宝石，中央有玉莲捧汤泉，喷以成池。又缝缀绮绣为凫雁于水中。上时于其间泛钑镂小舟以嬉游焉。"其下更有这方面的许多记叙，而又总结道："事尽载《国史》中。"今按《太平广记》卷二二七《华清池》条，出《谭宾录》，正叙此事，可证《谭宾录》乃依《国史》而纂录成文。又如《太平广记》卷二百二《天

① 载黄永年主编《古代文献研究集林》第一集，陕西师范大学出版社1989年版。

后》条，出《谭宾录》，文曰："则天幸龙门，令从官赋诗，左史东方虬诗先成，则天以锦袍赐之。及宋之问诗成，则天称词更高，夺袍以赐之。"《旧唐书·文苑中·宋之问传》亦载此事，文几全同，可知二者同出《国史》。《隋唐嘉话》下有同样的记载，而文字有异，看来胡璩并非参照《隋唐嘉话》中的记录编写。

不过说者也不能据此作出《谭宾录》全据《国史》成文的结论。从有些条文来看，胡璩此书应另有其源头，如《太平广记》卷二三九《画雕》一条，出《谭宾录》，文曰："裴延龄恃恩轻躁，同列惧之，唯顾少连不避。延龄尝画一雕，群鸟噪之，以献。德宗知众怒，益信之。"同样记载，见之于《国史补》卷上《裴延龄画雕》。《国史补》中末尾尚有"而竟不大用"一句，《谭宾录》未录，然此文出于《国史补》，则是比勘可知的。《国史补》之取名，即云补《国史》之未备，因而《谭宾录》此文只能出于《国史补》，不可能出于《国史》。

《谭宾录》中的有些文字，更可说明另有其来源。《太平广记》卷二一四《杂编》中最后一条，叙述前代画家与真迹之存佚，开头即说："晋以前目所不睹，难以平议。晋以来，厥迹存者，可得而言。"《谭宾录》中的这条文字，明显地引自某一个人的著作，不可能是《国史》中的记叙。这是从文字的语气中不难看出的。

根据《太平广记》中的引文类推，似乎可以说：《谭宾录》中的大部分文字是从《国史》中引录的，但也有小部分的文字引自其他典籍，"谭宾"云者或许是把这些文字作为谈话资料来著录的。

《谭宾录》中还有些材料，颇为琐碎，如《太平广记》卷四六五《虬尾》《牛鱼》两条，寥寥数字，记载的都是异物奇闻。这类文字是否出于《国史》，则很难说。若按后代史书的体例而言，则可判断它不可能是《国史》中的文字，但《太平御览》在鱼、鸟等部分屡引《唐书》，即有类此文字，则此类文字也有可能出于《唐书》，只是无法一一确证就是了。

羯鼓录

【书名及异称】

羯鼓是从西域传来的一种乐器，此书为记录羯鼓有关情事的一部著作。

【著录与版本】

各种书目均作一卷，入“乐类”，《直斋书录解题》入子部“音乐类”，赵希弁《郡斋读书附志》卷下所录，因与《乐府集》《乐府杂录》合刊，故一并入“总集类”。《四库全书总目》则入“艺术类”。传世有《续百川学海》本、《宝颜堂秘笈》本、《墨海金壶》本、《守山阁丛书》本等多种。钱熙祚《羯鼓录跋》曰：“……诸本承讹袭谬，几不辨所语之云何。偶检《御览》《广记》《唐语林》《类说》等颇引《羯鼓录》，为之参互校订，并注其彼此异同于下。”后出之书，如《丛书集成》本等，均据之重印。古典文学出版社于 1957 年排印，列入《中国文学参考资料小丛书》；后中华书局上海编辑部于 1958 年出新一版，上海古籍出版社 1988 年重印，均据《守山阁丛书》本。按《说郛》张宗祥辑明钞本卷六五亦全录一卷，而字句多寡与传本间有异同，后人应用作校雠。

【内容之分析】

南卓，字昭嗣，生于贞元七年(791)或稍后。文宗时曾任拾遗，武宗时任侍御史，会昌元年、二年为洛阳令，又任郎中；武宗末宣宗初，先后任商、蔡、婺等州刺史，又任黔南观察使，大中八年（854）卒。① 曾与裴度、白居易、刘禹锡、陈商、沈亚之等人交往。南卓多才多艺，著述甚多，《羯鼓录》一书乃记录风行唐代之乐器"羯鼓"之专著。《文献通考·经籍考》"乐类"引《崇文总目》曰："羯鼓夷乐，与都昙答鼓皆列于九部。至开元中始盛行于世。卓所记，多开元、天宝时曲云。"全书分前后二录，前录成于宣宗大中二年，后录成于四年。内除详叙羯鼓之源流形状，附录羯鼓诸宫曲名外，尚记载与此相关之音乐故事，体近小说，故为《唐语林》所取，大量采纳。读此书后，可对唐代之音乐艺术、宫廷生活与社会风尚增进了解，而对玄宗其人及其与家族间之关系，也可进一步增进认识。

---

① 参看卞孝萱《南卓考》，原载《中华文史论丛》第四辑，中华书局上海编辑所 1963 年版；后改题《南卓与〈烟中怨解题叙〉》，收入《唐代文史论丛》，山西人民出版社 1986 年版。

芝田录

【书名及异称】

晁公武《郡斋读书志》"小说类"著录《芝田录》一卷，云："右叙谓尝憩缑氏，故取潘岳《西征赋》名其书。记隋唐杂事，未详何人。总六百条。"按《西征赋》中无"芝田"之句，惟曹植《洛神赋》有云："税驾乎蘅皋，秣驷乎芝田。"《文选》李善注引《十洲记》曰："钟山，仙家耕田种芝草。"此处取之喻神异之事，或亦寓有记录不寻常事之意。潘岳《西征赋》云云当系误记。

【著录与版本】

《新唐书·艺文志》"小说家类"著录《芝田录》一卷，不著撰人。《崇文总目》入"传记类"，亦不著撰人。《说郛》（宛委山堂本卷三八、张宗祥辑明钞本卷三）署丁用晦撰，宋无名氏《新编分门古今类事》卷十八《刘毅斋名》条、《古今合璧事类备要》续集卷三均引，作丁用晦《芝田录》。丁用晦事迹不详，观书中所记之事，下限不出唐时，则作者当系中晚唐人。此书早佚，《太平广记》引文十九条，《类说》引文三十三条，《绀珠集》引文十一条，《说郛》（张宗祥辑明钞本）卷三《谈垒》之四从《类说》中摘引五条，卷七四从《绀珠集》中录引十一条，又《说郛》（宛委山堂本）卷三八作一卷，计收十四条。按《郡斋读书志》著录全书一卷，提要云"总六百条"，今所存者已不到十分之一。《类说》卷十一《芝田录》首条《学惭鼠狱，智乏鸡碑》，实为丁用晦自序中语，文曰："予学惭鼠狱，智乏鸡碑，因省前达之言，有关人事，纪成五卷。"则是原书本为五卷，后人将之合成一卷。

【内容之分析】

《太平广记》卷二一八有《陶贞白》一条，叙陶贞白蓄二刀事；《类说》卷十一有《武王以妲己赐周公》一条，乃孔融讽曹操事；《纸鸢系诏》一条，乃侯景围台城事；《姓谈乞官》一条，乃谢朓戏谈姓乞官者事；《御李子》一条，乃汉献帝为魏武所迁至许昌食李事……此均非隋唐两代之事，《郡斋读书志》所言不符事实。然由此可知，《芝田录》一书广泛地摘引了其他典籍中的文字，有的地方则系杂钞前代典籍而成。

《类说》本中有《高宗针百会》一条，文曰：

> 高宗脑痈，待诏鸣鹤曰："须针百会。"则天曰："天子头上可是出血处?"命扑杀。上曰："试令针之。"即时眼明，诸苦悉去。则天自以金帛赐之。

同样记载，尚见于《大唐新语》卷九《谀佞》与《谭宾录》(《太平广记》卷二一八《秦鸣鹤》条引)。这两种书中的文字，很多条目出于《国史》，秦鸣鹤针百会事即如此，分见本书上述二书的叙录。由此可见，《高宗针百会》此条的材料来源亦当出于《国史》，但经过层层转述，各本文字也就有所出入，以致面目迥异了。《唐语林》卷五中的同样故事则又是转录《谭宾录》中文字而成。

《类说》引文中有《房琯不是灭贼手》《李林甫妒贤嫉能》等条，《大唐新语》卷八《聪敏》中亦记此二事，而文字为详，不知《芝田录》中文字是否由此而出？

《类说》引文中有《朕以全树借汝》一条，并见《隋唐嘉话》卷中，《大唐新语》卷七《知微》亦载此事，而文字不同，不知丁用晦是否据此改写？

由上可见，《芝田录》中文字常是录自前人著作，这些文字或许即是作者所说的“前达”之言。

《类说》引文中有《推倒平淮西碑》一条，据姚松考证，此文可能出于罗隐《说石烈士》一文。这一故事乃是当时政治斗争的产物，内涵极为丰富。①

《芝田录》中除了记载名人事迹和政治事件外，也有一些社会上流传的奇闻轶事，如《太平广记》卷八四《会昌狂士》，即《类说》中的《含元殿柱材》，带有传说色彩；《类说》中的《鱼钥》一条，则为实用知识。

《类说》中有《惠山泉水递》一条，《绀珠集》卷十《芝田录》亦有，题曰《水递》，《说郛》（宛委山堂本卷三八、张宗祥辑明钞本卷七四）《芝田录》亦载，均甚简略。《唐语林》卷七引此故事，文字不同，《太平广记》卷三九九条引《芝田录》，亦叙此事，文字近于《玉泉子》，而云出自《芝田录》，或许《玉泉子》中文字即依《芝田录》改写而成。

---

① 姚松《罗隐〈说石烈士〉考辨》，载《程千帆先生八十寿辰纪念文集》，江苏古籍出版社 1992 年版。

卢氏杂说

【书名及异称】

《唐语林》卷七《补遗》内一条云："《卢氏杂记》：'泓师云：长安永宁坊东南是金盏地，安邑里西是玉杯地。'"《太平广记》卷四九七《王锷》条引此，则云"出《卢氏杂说》"。又《太平广记》卷一八〇《宋济》一条，原注："出《卢氏小说》。""小说"当是"杂说"之误。《说郛》中则径题曰《杂说》。

【著录与版本】

《新唐书·艺文志》"小说家类"著录《卢氏杂说》一卷，不著撰人。《崇文总目》"小说类"著录卢言《杂说》一卷，当指同一书。《通志·艺文略》"小说类"著录"《卢氏杂说》一卷，唐卢言撰"。尤袤《遂初堂书目》亦著录于"小说类"。《直斋书录解题》"小说家类"著录《卢氏杂记》一卷，题"唐卢言撰"。《宋史·艺文志》入"传记类"。《太平广记》引文六十六条，《类说》卷四九引文三十三条，《绀珠集》卷九引文十一条，《说郛》张宗祥辑明钞本卷七三引文六条，宛委山堂本卷四八引文十条，均非全书。其他书中的有些条文，与此书时有重出，如《玉泉子》中有十一条文字与《卢氏杂说》相重，乃误将后书羼入者。

【内容之分析】

作者卢言，新、旧《唐书》无传，其他典籍上也很少记载。白居易《长庆集》卷三三有《三月三日祓禊洛滨》诗，序言文宗开成三年三月，驾部员外郎卢言亦曾参予。《唐尚书省郎官石柱题名》“考功郎中”、“户部郎中”内均有卢言。《新唐书·李德裕传》记大中二年(848)大理卿卢言等人曾以吴湘一案打击李德裕，说明其仕宦年代正当穆宗至宣宗时。《金石录》卷十第一千九百十载“唐兵部尚书卢纶碑，卢言撰，崔绰正书，大中十三年正月”，可知卢言为时之达官，文名亦高。

《太平广记》卷二五六《李德裕》条，记李氏遭谴时，有人作二诗痛加嘲斥，又卷四九七《王锷》条又一说，记“泓师号李宅为‘玉杯’，一破无复可全”。二文均出《卢氏杂说》，对李德裕之破败持幸灾乐祸态度，可征卢言为牛党中人。

《卢氏杂说》中文，有杂抄前代典籍而成者，如《太平广记》卷一九七《沈约》条，记沈约与梁武帝策栗与策锦被事，见《梁书·沈约传》与《南史·刘峻传》。而《太平广记》卷一八三《李蔼》条，卷二〇四《懿宗》条，卷二三七《杨收》条，卷二五一《杨玄翼》条，均叙懿宗时事；《类说》卷四九《卢氏杂说》有《黄贼打黑贼》一条，言及黄巢事；《炼腿》一条，言及僖宗在藩邸时事，可知此书之最后完成，已至唐末。由此亦可推知卢言享年甚高。

《太平广记》卷二一四《杂编》内一条，出“卢氏杂说”，记罕见珍玩王氏笔管，中间刻《从军行》一铺。末言“余旧宅在东洛归德坊南街”，《唐语林》卷八《补遗》节引此文，则作“卢言旧宅在东都归德坊南街”。宋郭若虚《图画见闻志》卷五《故事拾遗》内《卢氏宅》一条，全袭《卢氏杂记》之文。可知卢言之所以引入卢思道《从军行》诗，目的在于介绍自身家世。卢思道出自范阳卢氏，卢言为这一世家大族的后裔，但前代因仕宦之故，已定居洛阳多时。

《太平广记》卷二三三《夏侯孜》条，原“出《卢氏杂说》”，叙三司使在永达亭子宴丞郎，京兆尹崔郢乘酒突饮，为户部使夏侯孜所辱。而《新唐书·杜中立传》叙杜中立任京兆尹时，“京师恶少优戏道中，具驺唱珂卫，自谓‘卢言京兆’，驱放自如。中立部从吏捕系，立棰死”。盖京师恶少即将卢言所撰之京兆尹出丑事演为活报剧，表示对京师长官之蔑视，故杜中立盛怒之下，立即予以制裁。由此可知《卢氏杂说》一书当时甚为风行，社会上各阶层都熟悉其内容。

书中有关科举与文士风貌等方面的记叙，值得珍视。内如《苏景[胤]张元夫》（《太平广记》卷一八一引）叙苏、张、三杨的势力足以升沉后进，又言“郑、杨、段、薛，炙手可热”，又言“芳林十哲”交通宦寺等，足以窥知科举场中之黑暗。而如《内出题》（《太平广记》卷一七八）中言及唐文宗“出《霓裳羽衣曲赋》《太学创置石经诗》，进士试诗赋，自此始也”。《宣宗》（《太平广记》卷一八二引）言“常于内自题乡贡进士李道龙”，足见唐代帝王推动科举活动之热忱。有些条目，记士人的诗歌创作与音乐的关系，如《米嘉荣》（《太平广记》卷二〇四引）叙刘禹锡与米嘉荣、何戡的亲密交往，已成文学史上之佳话。他如《郑还古》（《太平广记》卷一六八引）、《江陵士子》（《太平广记》卷一六八引）等故事，则转折有致，近于诗话。《卢氏杂说》中还记有关于士大夫的一些趣闻，如《郑馀庆》（《太平广记》卷一六五引）之清俭待客，亦脍炙人口；《李绛》（《太平广记》卷一六四）之谏宪宗立碑，足以见其清节。其中如《王播》（《太平广记》卷二六一引）、《黎斡》（《太平广记》卷二六〇引）等条，可见其时风俗之恶。由此可知，卢言因学识颇佳之故，书中反映之内容甚为丰富，提供了不少认识唐代社会民情风俗的史料。

乾𦠆子

【书名及异称】

《郡斋读书志》"小说类"著录《乾𦠆子》三卷，"右唐温庭筠撰。《序》谓语怪以悦宾，无异𦠆味之适口，故以'乾𦠆'名篇。"《直斋书录解题》"小说家类"著录《乾𦠆子》三卷，"唐温庭筠飞卿撰。《序》言'不爵不觥，非炰非炙，能悦诸心，聊甘众口，庶乎乾𦠆之义。''𦠆'与'馔'同，字从肉，见古礼经。"胡应麟《少室山房笔丛》卷十九《二酉缀遗上》云："庭筠著《乾𦠆子》，《序》谓语怪悦宾，犹𦠆悦口，与《杂俎》义正同，然前人无此说也。非庭筠自序，至今不知何谓，亦以为《天咫》《贝编》矣。"

【著录与版本】

除上引两种书目外，《崇文总目》《新唐书·艺文志》均作三卷，入"小说类"与"小说家类"。《遂初堂书目》亦入"小说类"。《通志·艺文略》作一卷。《宋史·艺文志》不载，不知何故？明陈第《世善堂书目》有一卷本，今已失传。《说郛》宛委山堂本卷二三录文十一条，《龙威秘书》本又从中选录八条，然与见于《太平广记》等书的引文、《考古质疑》等书中之佚文均不相同，故夏承焘《温飞卿系年》以为伪作。夏氏又云："《观林诗话》(八页)引《乾𦠆子》记狐两篇，皆四言韵语，或原书体裁如此。”[①]《丛书集成》本即据《龙威秘书》本排印。清王仁俊《经籍佚文》自《太平广记》卷四九五中辑得《歌舒翰》佚文一条。又清耿文光《万卷精华楼藏书记》卷九九“小说家类”录有胡蕎辑刻一卷，此书刻于道光二年，入《胡刻四种本》。《太平广记》录文三十三条，首尾完具，研究此书者当奉此为主要依据。《绀珠集》卷七有此书，录文十九条，虽文字删节过甚，然颇有出于《广记》之外者，理当参看。《类说》（明澹生堂钞本）卷二三亦摘抄序文与正文共十九条。其他典籍，如张宗祥辑明钞本《说郛》卷三载《实宾录》，卷十八载宋顾文荐《负暄杂录》，均存佚文一则。故据王国良统计，可得佚文53则，序文一段。[②]

【内容之分析】

作者温庭筠，乃晚唐著名文士，与李商隐、段成式齐名，亦以博学颇著名声。生平见《旧唐书》卷一九〇下、《新唐书》卷九一本传。

温庭筠著述甚多。《乾𦠆子》一书早佚，且无善本流传，故不为世称，然前人颇有美言者。洪迈《夷坚支癸序》曰：“唐史所标百馀家，六百三十五卷，班班其传，整齐可玩者，若牛奇章、李复言之《玄怪》，陈翰之《异闻》，胡璩之《谈宾》，温庭筠之《乾𦠆》，段成式之《酉阳杂俎》，张读之《宣室志》，卢子之《逸史》，薛渔思之《河东记》耳。馀多不足读。”

从《乾𦠆子》传世的文字看，此书有引用前人材料而重编者，有依个人见闻而撰述者。大凡初唐时期的人物故事，每引用前人成说，如《绀珠集》中有《长孙[无忌]欧阳[询]相嘲》一条，原出《隋唐嘉话》卷

① 载《唐宋词人年谱》，上海古籍出版社1979年版。

② 参看王国良《〈乾𦠆子〉研究》，载台湾东吴大学《东吴中文学报》第1期，1995年5月。

中、《大唐新语》卷十三《嘲谑》。又《绀珠集》中有《御史胡》一条，载张元一事，见《朝野佥载》卷四、《大唐新语》卷十三《嘲谑》。引用中唐时人之事迹，则每在前代典籍所记者外，加上新增的内容，情节显得丰富，如《太平广记》卷二四二《萧俛》条，《国史补》卷中《误造郑云逵》条类同；《广记》卷四九六《赵存》条，《国史补》卷上《参军打家僮》条类同，然《乾𦠆子》中已增加内容，改变情节，富于铺陈，自与前时笔记文字有异。温氏自拟之文字，《太平广记》所载者，如卷一二二《陈义郎》条，卷三四二《华州参军》条，则情节曲折，已是晚唐传奇格局，于后世小说之写作曾有影响。

《太平广记》卷四九五《歌舒翰》条引西鄙人歌曰："北斗七星高，歌舒翰夜带刀。吐蕃总杀尽，更筑两重濠。"《全唐诗》卷七八四录西鄙人《哥舒歌》，后二句作"至今窥牧马，不敢过临洮"。《唐诗三百首》同，后人几不知有另一种记录。按《南部新书》卷庚亦载此诗，第二句无"翰"字，比较之下，当以《乾𦠆子》中之记录为近原貌。

酉阳杂俎

【书名及异称】

南宋周登刻《酉阳杂俎》二十卷，《后序》中引《方舆记》，云梁湘东王赋中有“访酉阳之逸典”句。相传酉阳之地在今湖南沅陵县西北，中有大、小酉阳二山，统称二酉。小酉山上有石穴，内有书千卷，昔秦人读书于此，因留之，见南朝宋盛弘之《荆州记》（《太平御览》卷四九引）。“酉阳”一词寓藏书之富与腹笥之富意。“杂俎”者，则是以滋味作比喻。段成式在《酉阳杂俎序》中说：“无若诗书之味大羹，史为折俎，子为醯醢也。炙鸮羞鳖，岂容下箸乎？”故知“杂俎”一词，寓有多味之意。

【著录与版本】

《新唐书·艺文志》“小说家类”著录段成式《酉阳杂俎》三十卷，古今各种书目以入“小说类”或“小说家类”者为多，《四库全书总目》入“小说家”中之“琐语”类。《文渊阁书目》卷八与《宝文堂书目》卷中则入“子杂类”。至于卷数之记载，则有二十卷与三十卷之不同，亦即有无续本之别。《玉海》卷五五引《中兴书目》曰：“二十卷，唐太常少卿段成式撰，志闻见谲怪，凡三十二类。”又引《书目》曰：“段成式《续杂俎》十卷，录异事续之。”《郡斋读书志》《直斋书录解题》《宋史·艺文志》中著录者均为正本二十卷与续集十卷之本。按宋代刻此书者，南宋嘉定七年(1214)永康周登刊《酉阳杂俎》二十卷，无续集；嘉定十六年，武阳邓复有正、续本三十卷付梓。至南宋理宗淳祐十年(1250),广文彭奎实等据旧本刊行,然不知有无续集。明、清书目著录者,仍为二十卷本与三十卷本两种。只是段成式《酉阳杂俎》中的一些类目或曾单独行世,故《唐人说荟》等书中每见一些单列的类目而以书名出现;又如续集中的《寺塔记》等,作者明示此乃独立的著作,更有可能单独行世。在一些常见的总集中,如《太平广记》《类说》《绀珠集》《说郛》等,均录文甚多,不一一细辨。

《酉阳杂俎续集》十卷,明代已不多见,故胡应麟尝从《太平广记》中辑录,以足十卷之数,详见《少室山房笔丛》卷三五《二酉缀遗上》。今传《酉阳杂俎》之易得者,有《稗海》二十卷本,赵琦美等校勘而由李云鹄刻出之三十卷本。后者亦称李云鹄本或脉望馆本。自从《四部丛刊》影印此书后,其他几种三十卷本,如《津逮秘书》本、《学津讨原》本、《湖北先正遗书》本等,均已不受重视,二十卷本更是无人问津。《四库全书总目》与昌彼得以为脉望馆本中续集部分即据胡应麟的辑本补入①,杨守敬与余嘉锡则以为仍出宋本旧传,赵氏仅加以缀辑而已。②二者比较,余说似更近理。续集之分类,如《支诺皋》《寺塔记》等,不大可能出于后人所拟,然比之正集,续集内容确有芜杂处,如《支诺皋下》记韦斌事,一无神异之处,不知何以会列入此类?或亦为赵琦美等所误辑入者。

中华书局于1981年出版方南生的点校本,后附"重要序跋汇录"、"历代书目著录",且附作者年谱,乃为目下最便使用之本。然方氏用作校勘者,仅为明清刻本数种与《太平广记》等书,取径太窄,未能达到

---

① 昌彼得《说郛考》下篇《书目考》卷三十六(《酉阳杂俎》二十卷、《酉阳杂俎续集》十卷),台湾文史哲出版社1979年版。

② 杨守敬《日本访书志》卷八。

较佳境地。例如《酉阳杂俎》前集卷十《物异》中有一则于阗国大臣配龙女的故事，原出《大唐西域记》卷十二瞿萨旦那国"龙鼓传说"，两相比勘，即可明白今本《酉阳杂俎》误字甚多。因此，今人整理此书，不但要注意版本之间的对勘，还应广征载籍，进行他校，才能使这一内容丰富之载籍恢复旧观。

【内容之分析】

作者段成式，字柯古，临淄人。穆宗时宰相段文昌之子，以荫入仕，为秘书省校书郎，累迁尚书郎、江州刺史，终太常少卿，咸通四年(863)卒。生平附《旧唐书·段文昌传》与《新唐书·段志玄传》。

《酉阳杂俎》创造了一种新的体裁，后人或称之为杂俎体。因为此书兼容了唐代笔记小说中的各种类型，如书目中的"杂传""杂史""地理""小说"等。中唐时期的学术正呈多头发展之势，除诗文外，情节曲折的传奇，或考订名物记录琐事的笔记，也大量产生。后者的内容则近于学术。所以鲁迅说明其特点时说："或录秘书，或叙异事，仙佛人鬼以至动植，弥不毕载，以类相聚，有如类书，虽源或出于张华《博物志》，而在唐时，则犹之独创之作矣。"①《四库全书总目》提要曰："其书多诡怪不经之谈，荒谬无稽之物，而遗文秘籍，亦往往错出其中。故论者虽病其浮夸，而不能不相征引。自唐以来，推为小说之翘楚，莫或废也。"

段成式以博学著称，《酉阳杂俎》中著录了许多不见书目的佚书，如《百家》等，后代亡佚之书尤多，如《封君义行记》《聘北道记》等，因而

① 《中国小说史略》第十篇《唐之传奇集及杂俎》，人民文学出版社 1952 年重印第一版。

记下了许多不见其他典籍的逸闻，如南北朝后期双方交聘事。书中还记录了许多边疆地区民俗的异闻，如《支诺皋上》记吴洞前妻之女叶限故事，闻之于旧家人邕州洞中人李士元，学术界普遍认为这是首先记录下来的灰姑娘故事。

段成式著录的内容，大部分由采访与阅读而得，但也有不少则出之于实践，如在《广动植》之一、二、三、四中的羽、毛、鳞、介、虫、木、草与《支动》《支植》几类内，详记动、植物中的许多新鲜知识，不少地方出之于个人的细致观察和亲身经历。

《酉阳杂俎》中记录佛家与道教的篇章，所取的名字，如《天咫》《玉格》等，很难理解。尽管后人作出过许多解释，仍未能达成共识。

《酉阳杂俎》内容极为丰富。这是他毕生精力所粹的力作。从草创至最后完成，共经历了三个阶段。

段成式第一次编成的集子，名《语录》。黄伯思《东观馀论》卷下《跋段太常〈语录〉后》曰："此本是《庐陵官下记》上篇，亦段太常作。政和四年四月十八日以秘阁本校，长睿书。"《语录》今佚，然《说郛》（张宗祥辑明钞本）卷三六《酉阳杂俎》于《怪术》《酒食》两章之间仍保存着《语录》一类，共录三条，其中《破虱录》《醋心》二条，尚保存在《类说》《说郛》与其他类书征引的《庐陵官下记》中，可以证明《语录》确已纳入《庐陵官下记》。

《直斋书录解题》"小说家类"载《庐陵官下记》二卷，曰："段成式撰，为吉州刺史时也。"《新唐书·艺文志》"小说家类"于段成式《酉阳杂俎》三十卷后，著录《庐陵官下记》二卷。此书早佚，《类说》收文六条，仅第一条《栽植经》见《酉阳杂俎》续集卷十《支植下》，其他五条均不见今本《酉阳杂俎》，而二者之间的内容仍有密切的联系；《说郛》（宛委山堂本）卷十七《庐陵官下记》共收十六条文字，其中十五条文字见于《酉阳杂俎》，可知《庐陵官下记》中文字确已纳入《酉阳杂俎》之中。

由上可知，段成式的完成《酉阳杂俎》，经过了长时期的纂辑和修改。他先完成了《语录》一书，后编为《庐陵官下记》的上卷，而《庐陵官下记》中文字大部分已编入《酉阳杂俎》，有的则未编入，如《古今合璧事类备要》前集卷十一《气候门·暑》内引《庐陵官下记》，叙玄宗起凉殿事，并见《唐语林》卷四《豪爽门》，即不见今本《酉阳杂俎》。

《酉阳杂俎》续集中的《寺塔记》上、下，亦曾单刻行世。篇前有序，自言武宗癸亥三年夏，他与张希复、郑符三人联袂访问佛寺，作了详细记录。其后宋敏求作《长安志》，程大昌作《雍录》，李好文作《长安志图》，多取材于此，可见此文的价值。

《太平广记》引此书达六百馀条之多，可见后人对此书之重视。

因话录

【书名及异称】

因,依据之谓。《孟子·离娄上》:“为高必因丘陵,为下必因川泽。”赵璘以“因话”名其著作,表示此书语必有据,得之他人言谈。

【著录与版本】

《新唐书·艺文志》“小说家类”著录赵璘《因话录》六卷,下注:“字泽章,大中衢州刺史。”其后《通志·艺文略》《郡斋读书志》《宋史·艺文志》等书目,均作六卷,入“小说类”或“小说家类”。《遂初堂书目》亦入“小说类”。《崇文总目》同,然作二卷。《四库全书总目》入“小说家·杂事类”。此书传世者缺少好的版本,明清之丛刻,如《重辑百川学海》《唐宋丛书》《唐人说荟》诸本,均作一卷,《稗乘》本作三卷,唯《稗海》本作六卷,最称完善。1957 年古典文学出版社曾据此排印,列入《中国文学参考资料小丛书》。1979 年上海古籍出版社重印。然《稗海》本中文字已经后人改动,增加了一些错误,如卷一记郭子仪祭代宗独孤妃事,云“时予外伯祖殿中侍御史”,注:“讳芳,字伯存。”《唐语林》卷二引用此条,亦沿其误,而齐之鸾本、《历代小史》本《唐语林》作柳并,不误。又《因话录》卷二记郭子仪礼敬赵夫人一条,亦误改柳并为柳芳。

《永乐大典》卷之二千六百六《台·西台》引《唐语林》,出于《因话录》卷五，自“赵璘历祠部郎”以下佚去，可知此书已小有残缺。《太平广记》录文三十五条，《类说》卷十四录文五十七条，《绀珠集》卷五录文二十五条，《说郛》张宗祥辑明钞本卷十五录文七条、宛委山堂本卷二三录文二十五条，均可资校雠。

【内容之分析】

赵璘，新、旧《唐书》无传，生平不详。可考知者，为出于南阳赵氏后徙平原的一支。赵氏原出河东，内一支迁陇西天水，其后又迁南阳宛县。故赵璘叙及同宗之人，或言河东，或言天水；天水已成此一支之郡望。曾祖赵駉，乃赵骅从弟。父赵伉，昭应尉。伯父赵傪，高陵县令。德宗朝宰相赵宗儒，则为其族祖。赵璘祖母韦氏，与韦应物为堂姊妹行。母柳氏，出自关中贵族西眷柳氏，乃柳中庸之女。柳氏之母萧氏，为萧颖士之女，为梁武帝之后裔。于此可见赵璘家世之显贵。

赵璘生于德宗贞元十九年(803)，文宗大和八年(834)应进士举及第，座主为礼部侍郎李汉。开成三年(838)，举拔萃科，任秘书省校书郎。大中七年(853)，任左补阙，奏事，得宣宗赞赏。大中十年，任祠部员外郎，受知贡举黄门侍郎郑颢委托，撰成《登科记》十三卷，其后曾任水部员外郎、汉州刺史、衢州刺史等职。卒年不详，或在僖宗乾符之初。著有《表状集》一卷，今佚。

赵璘因家世的缘故，多识前言往行，朝廷典故，书中所言，常是一些家族和亲戚之间的见闻与轶事，也有很多亲自经历的记叙。内多重要史料。文中几次提到写作年代，而上下相距颇久，盖草稿乃陆续写就，定稿之时则已在晚年。全书共分五部，卷一宫部，为君，记帝王；卷二、卷三商部，为臣，记公卿百僚；卷四角部，为人，记不仕者，附以谐戏；卷五徵部，为事，多记典故；卷六羽部，为物，记见闻杂物，无所归附者均纳入之。

郭子仪为唐代重臣，一生品行亦符合封建道德规范，故史书上之评价几无瑕疵可言。《旧唐书·郭子仪传》后附史官裴垍评论曰："权倾天下而朝不忌，功盖一代而主不疑，侈穷人欲而君子不之罪。富贵寿考，繁衍安泰，哀荣终始，人道之盛，此无缺焉。唯以谗怒诬奏判官户部郎中张谭杖杀之，物议为薄。"此事今见《因话录》卷六，唯作"张昙"，叙始末颇详。又卷一叙"郭暧尝与昇平公主琴瑟不调"，即后世各种戏曲中之常见节目《打金枝》本事。又卷一记"尚父二爱姬尝竞宠争长，互论其公私佐助之功，忿娼不相面，尚父不能禁"。此类秘闻，外人不易得知，当以柳并曾为郭子仪掌书记而传出。

书中记中唐时期之文坛轶事甚多，如卷三叙"孟诗韩笔"，又言韩愈、柳宗元、皇甫湜、李汉、杨敬之均以接引后学为务。李宗闵知贡举得人，谓之"玉笋"班。卷四叙诗僧"会稽二清，东阳二乾"。又记韦应物之指点皎然学诗。又叙文淑僧之聚众谭说，即是有关俗讲之生动记载。文中叙及孟郊、韩愈、柳宗元、李翱、皇甫湜、冯定、杨敬之、李汉、李甘、刘禹锡、张籍、李贺、李程、王起、白居易兄弟、张仲素等人之事迹与成就，均可供参考。卷三叙萧颖士事特详，当以外家家世不同寻常之故。卷五叙朝廷典故，特别是关于御史台三院内之情事，高宗朝、武后朝时衙门之改变称呼，参考价值至高，常见后人引用。

《四库全书总目提要》给予此书很高评价，云"其书虽体近小说，而往往足与史传相参。……实可资考证者。在唐人说部之中，犹为善本矣"。岑仲勉也说："赵《录》事，余尝以他史料参合勘之，殊少大疵谬，实晚唐笔记之上乘。"①可知此书具有重要之参考价值。

---

① 见《唐史馀瀋》卷三，上海古籍出版社 1979 年 9 月新版。

书中还有一些有关佛道的记载，颇涉神怪，曾为后人诟病。这当是因为赵璘之母柳氏乃一虔诚之女道士，人称柳尊师，其二女受影响亦出家奉道，赵璘自然会受到影响而有这一类记载。

资暇集

【书名及异称】

《郡斋读书志》“小说类”著录《资暇》三卷，提要曰：“右唐李匡乂济翁撰。《序》称世俗之谈，类多讹误，虽有见闻，嘿不敢证，故著此书。上篇正误，中篇谭原，下篇本物，以资休暇云。”今按李氏此序全文已佚，而书名的用意观此已明。各家著录或引及此书，有《资暇录》《资暇集》等不同称呼。

【著录与版本】

《新唐书·艺文志》“小说家类”著录李匡文《资暇》三卷。《遂初堂书目》入“杂家类”，《直斋书录解题》“杂家类”著录《资暇集》二卷，唐李匡文济翁撰。《崇文总目》、《宋史·艺文志》“小说类”与“小说家类”则记作《资暇录》。陆游《渭南文集》卷二八有《跋〈资暇集〉》一文。传世有《顾氏文房小说》本、《格致丛书》本、《学海类编》本、《墨海金壶》本、《续知不足斋丛书》本等多种。《说郛》张宗祥辑明钞本卷五八录文十一条，宛委山堂本卷十四中之《资暇集》与《顾氏文房小说》本全同，仅删去《稠乘砚》《阮咸》《药忌》三条，当是覆刻顾本而成。顾本早出，后出之书一般均据之覆刻或排印。《唐语林》中引文，大体与《顾氏文房小说》本相合，二者文字偶有异同，亦可相互参照校正。而顾本常将注文羼入正文，《唐语林》中文字不误，可资参证处甚多。

【内容之分析】

作者之名，“文”“乂”孰为正字，后代争执甚多。《唐语林》中之文，原书与齐之鸾本作“李匡文”者，聚珍本均改作“李匡乂”。据余嘉锡等人考证，以作李匡文为是，然亦未能视为定论。[①] 旧说李氏为唐宗室，乃李勉之从孙，宰相李夷简之子，僖宗中和时任太子宾客，昭宗时官宗正少卿。然据岑仲勉考证，此书卷下《李环饧》条称李听为从叔，“则著书人直陇西一系，非宗室子也”。[②] 所可知者，李氏曾任房州刺史，《资暇集》当写成于僖宗乾符、中和年间。此书乃考订旧文之作，兼及名物、训诂、风俗、礼制，偶尔言及人物琐事，颇多精到之见，亦小有舛误。宋代喜谈考证者常加引用，或与之辩驳。其中《非五臣》一条最受后人重视，影响《选》学至巨。盖中晚唐时因受玄宗褒令之影响，率多重五臣注而轻李善注。《资暇集》此文出后，宋代据之攻五臣者增多，《文选》李善注遂逐渐争得不可动摇之重要地位。

---

① 参看孙猛《郡斋读书志校证》卷十三《资暇》三卷注[二]，上海古籍出版社1990年版。

② 见《唐史馀瀋》卷四《李夷简子匡文与〈资暇集〉》，上海古籍出版社1979年新一版。

东观奏记

【书名及异称】

清周中孚《郑堂读书记》卷十九释此书之命名曰："汉以来僚属所上谓之奏记，故并冠以汉修史处之称也。"东观位于洛阳南宫，东汉明帝时班固等人曾于此修史，书成后称《东观汉纪》。后代用指修史之所。《类说》卷七引作《东宫奏记》，大误。

【著录与版本】

《新唐书・艺文志》"杂史类"载裴廷裕《东观奏记》三卷，《崇文总目》《郡斋读书志》《直斋书录解题》《宋史・艺文志》记载相同，均作三卷，入"杂史类"。明代《国史经籍志》"杂史类"有《东观奏记》三卷，云"裴庭裕，记宣、懿、僖三宗事"，实则此书仅记宣宗一朝事。此处乃因误读《新唐书・艺文志》内《东观奏记》名下原注而致误。传世者除《续百川学海》本等数种外，版本较佳者，尚有《稗海》本、《续粤雅堂丛书》本、《小石山房丛书》本、《藕香零拾》本等数种。北京图书馆藏有清乾隆三十七年吴翌凤钞本一种。《小石山房丛书》本时见脱误，最劣。《藕香零拾》本经缪荃孙校勘，最负盛誉。然缪氏校勘时有以意为之处，改字太多，转失其真，如《东观奏记》卷中，言柳珪居家不禀义方，给事中萧倣、郑裔绰驳还御制，《藕香零拾》本插入"郑公舆"一名，实则郑公舆之驳还诏书乃因杨汉公事，与柳珪无涉。《稗海》本、《续粤雅堂丛书》本中均无此名，反为近真。1994年中华书局有《东观奏记》点校本，列入《唐宋史料笔记丛刊》，后附《诸书著录题跋》《裴庭裕生平事迹考辨》《唐宣宗遗闻轶事汇编》三种，最便使用。然此书尚有珍贵钞本数种传世，北京图书馆存明钞本两种，山西省文物局藏有明钞本一种，台湾"故宫博物院"藏有玉蕤斋钞本一种，后人尚可依靠这些钞本再作整理。

【内容之分析】

《新唐书·艺文志》于此书名下加注曰："大顺中，诏修宣、懿、僖《实录》，以日历、注记亡缺，因摭宣宗政事，奏记于监修国史杜让能。廷裕，字膺馀，昭宗时翰林学士、左散骑常侍，贬湖南，卒。"裴廷裕《东观奏记》自序所言亦约略如是。《唐会要》卷六三《修国史》系此于大顺二年(891)二月，而作裴庭裕；《玉海》卷四八提要同。《资治通鉴》大中二年叙王皞争郭后祔宪宗事，《考异》引裴延裕《东观奏记》，后又称作者为"廷裕"，胡三省按："裴延裕后作'廷裕'，必有一误。"按《唐摭言》卷十二言裴廷裕"文思敏捷，号下水船"，则似以作"裴廷裕"者为是。

裴廷裕，闻喜人，昭宗大顺时官右补阙兼史馆修撰，与吏部侍郎柳玭等纂修《宣宗实录》，因无所凭借，只能依据自年幼时起所积累之耳闻目见，编年排列，以备讨论。可知此书即为裴氏所上之监修稿本。

缪荃孙在《藕香零拾》本跋中说："其书专记宣宗一朝之政绩，书中事实颇具首尾，《通鉴》采及三十二条，《考异》一条，在唐朝杂史中最称翔实。"按《资治通鉴考异》叙宣宗、懿宗两朝事引《东观奏记》，仅提书名而不引文字者不计，其引用文字者不下五条，于此亦可觇知缪氏工作态度之草率。

《资治通鉴考异》屡引《东观奏记》之文，足见司马光编《通鉴》时此书曾起重要参考作用。然司马光又时而加以驳正。如卷二二宣宗大中“二年五月太皇太后郭氏崩”下，引郭太后暴崩事，后又加按曰：“《实录》所言暴崩事，皆出于《东观奏记》。若实有此事，则既云‘是夕暴崩’，何得前一日先下诏云‘以太后寝疾，权不听政。’若无此事，则廷裕岂敢辄诬宣宗？或者郭后实以病终，而宣宗以平日疑忿之心，欲黜其礼，故[王]皞争之。疑以传疑，今参取之。”可见司马光的基本态度是重视的。但裴廷裕主要依据耳目闻见，故细节上时有不正确处，如《资治通鉴考异》卷二二大中十三年九月“何弘敬兼中书令”下引《东观奏记》，记是年“三月魏博何弘敬就加中书令”，续云：“据《实录》，二月弘敬加太傅，此月乃加中书令，在懿宗接位后。《东观奏记》误也。”

《东观奏记》史料价值甚高，欧阳修、宋祁修《新唐书》时，据之补充了不少内容。王鸣盛《十七史商榷》卷九一《〈新唐书·李珏传〉多取〈东观奏记〉》条即云：“《旧书》所无，《新书》增入者多取《东观奏记》。”李珏为作者的外叔祖，属牛党要人，裴氏本人之政见亦偏于牛党，故于该党中人时多美言，但记载的事情一般还能符合事实。即如卷上言李珏事，首言“武宗朝任宰相李德裕，德裕虽丞相子，文学过人，性孤峭，疾朋党如仇雠”。所言尚有分寸，不像晚唐之时一般牛党中人之以丑诋李氏为能事。

此书卷中有唐宣宗晚年为左右所惑一条，卷下有晚岁酷好仙道一条，说明作者尚能直笔记事。

贞陵遗事

【书名及异称】

此书一称《大中遗事》。贞陵为唐宣宗陵墓的名字，大中为宣宗年号。《绀珠集》卷十、《类说》卷二一、《说郛》（宛委山堂本卷四九及张宗祥辑明钞本卷七四）作《大中遗事》，《资治通鉴考异》引文则作《贞陵遗事》。《太平广记》引文三条，作《真陵十七史》，或作《真陵十七事》。宋人避仁宗嫌名，改“贞”为“真”。“史”作史实解。“大中遗事”一名亦当因避仁宗嫌名而改，《崇文总目》引此书时则书作《正陵遗事》。

【著录与版本】

《新唐书·艺文志》著录令狐澄《贞陵遗事》二卷，入“杂史类”。《崇文总目》《通志·艺文略》《直斋书录解题》同。《遂初堂书目》亦入“杂史类”，不著卷数。《宋史·艺文志》入“故事类”，作一卷。又《新唐书·艺文志》书名下原注：“绹子也。乾符中书舍人。”然《旧唐书》卷一七二、《新唐书》卷一六六《令狐绹传》，皆云“子滈、涣、沨”而不及澄，《旧唐书》且以令狐澄为令狐楚之弟令狐定子緘之长子；《新唐书·宰相世系表五下》则又记令狐澄为绹之子，沨乃緘之子。同为《新唐书》之文，矛盾若是，疑《世系表》乃据谱牒之类典籍写成，《令狐绹传》则据《旧唐书》中之传文写成，《旧传》有误，《新传》随之亦误。清陈景云《韩集点勘》卷二以为《旧唐书》本传可信，然亦未有显证。宋方崧卿《韩集举正叙录》云有“令狐氏本。右唐令狐綯之子澄所藏本，咸通十一年书”。《金石录》第一千九百十八著录“唐令狐楚《登白楼赋》，令狐澄书，咸通二年二月”。亦似以祖孙关系解释为宜。刘崇远《金华子》卷上曰：“令狐补阙滈与中书舍人澄，皆有才藻，令狐之文彩，世有称焉。自楚及澄，三代皆擅美于紫薇。”《唐语林》采入卷三，有关令狐澄之记载，自以此说为可信。周广业为《金华子》作注，以为令狐澄即令狐涣，则未必然；岑仲勉《补唐代翰林两记》以为令狐澄未尝任中书舍人，则疑所不必疑。明《文渊阁书目》及钱溥《秘阁书目》“史杂”有令狐澄《贞陵遗事》一册，其后已不见记载，而散见于《太平广记》《资治通鉴考异》《唐诗纪事》《类说》《绀珠集》《白孔六帖》《锦绣万花谷》《新编分门古今类事》《说郛》等书者尚多有之。

【内容之分析】

顾名思义，此书记录的内容都是宣宗一朝的轶事。令狐澄有文名，且曾任中书舍人等要职，故其记录颇有重要参考价值，司马光即曾采录而纳入《通鉴》。如《资治通鉴考异》卷二二唐武宗会昌六年“四月，李德裕同平章事荆南节度使”下引《贞陵遗事》曰：“上初即位于太极殿。时宰相李德裕与行册礼，及退，上谓宦侍云云。听政之二日，遂出为荆门。”可知《通鉴》会昌六年三月丁卯叙此事，文中之语即据令狐澄书写入。《唐语林》卷七亦有此文，节略处作“适行近我者非太尉耶？此人每顾我，使我毛发森竖”。《通鉴》则作“使我毛发洒淅”，胡三省注：“洒淅，肃然之意，言可畏惮也。”当更接近宣宗口语。可见李德裕功高震主，故宣宗必欲除之始心安。《唐诗纪事》卷二《宣宗》引文，叙宣宗制新曲《播皇猷》《葱岭西》《霓裳曲》等，亦见《唐语林》卷七，可见宣宗之多才艺。《唐语林》卷二曰：“宣宗嗜书，尝构一殿，每退朝，必独坐内观书，或至夜中烛灺委，禁中谓上为‘老儒生’。”并见《绀珠集》卷十《大中遗事》内《老儒生》一条。又《类说》卷二一《大中遗事》有《老博士》一条，均可见宣宗之笃学。

《唐语林》卷二：“宣宗微疾，召医工梁新对脉。（原注：禁中以诊脉为对脉。）数日，自陈求官，不与，但每月别给钱三百缗。”《资治通鉴》宣宗大中九年叙此，末句作“但敕盐铁使月给钱三千缗而已”。可知《通鉴》此处亦曾参照《贞陵遗事》，而《绀珠集》卷十、《类说》卷二一、《海录碎事》卷十四、《说郛》（宛委山堂本卷四九、张宗祥辑明钞本卷七四）载《大中遗事》中均有《对脉》一条，文曰：“宫中以诊脉为对脉。”即此条之原注。可知《贞陵遗事》中之文字原来尚有注文。

续贞陵遗事

【书名及异称】

此书一名《续大中遗事》。异称的由来同《贞陵遗事》。

【著录与版本】

《新唐书·艺文志》著录柳玭《续贞陵遗事》一卷，入“杂史类”。《崇文总目》《通志·艺文略》同，《直斋书录解题》附于《贞陵遗事》之下，曰：“唐中书舍人令狐澄撰，吏部侍郎柳玭续之。澄所记十七事，玭所续十四事。”《宋史·艺文志》亦作一卷，入“故事类”。原书久佚。《太平广记》无引文，《类说》卷二一《大中遗事》题下曰“柳玭《续事》附”而不再分别。《绀珠集》《说郛》情况类同。

柳玭为柳公绰之孙，柳仲郢之子，事迹附《旧唐书》卷一六五、《新唐书》卷一六三《柳公绰传》。京兆柳氏诗礼传家，世为达官，柳玭以明经补秘书正字，由书判拔萃，累转左补阙，后迁中书舍人、御史中丞。文德元年，以吏部侍郎修国史，拜御史大夫等职。柳玭因家世与职务的关系，熟悉朝廷掌故。他写作此书，当在昭宗大顺年间与裴廷裕等同奉诏纂修《宣宗实录》时。

【内容之分析】

此书早已散佚，且与《贞陵遗事》相混，故能辨识之原文不多。《资治通鉴》中引及二处，宣宗大中十年五月叙韦澳征郑光欠租，《考异》曰："《东观奏记》曰：'太后为上言之，上于延英问澳，澳具奏本末。上曰："今日纳租足，放否？"澳曰："尚在限内，明日则不得矣。"上入奏太后曰："韦澳不可犯。且与送钱纳却。"顷刻而租入。'今从柳玭《续贞陵遗事》。"足见《通鉴》中之文字乃从柳文改写。又《通鉴考异》卷二二《宣宗明察沈断》引《续贞陵遗事》曰："越守尝进女乐，有绝色者，上初悦之。数月，锡赉盈积。一旦晨兴，忽不乐，曰：'玄宗只一杨妃，天下至今未平，我岂敢忘？'乃召美人，曰：'应留汝不得。'左右或奏'可以放还'，上曰：'放还，我必思之。可命赐酒一杯。'此太不近人情，恐誉之太过，今不取。"可见柳玭之文或有传闻失实之处。按《唐语林》卷七亦有此文，当从《续贞陵遗事》中引入，而末句作"可赐酖一杯"。按文义，当以"酖"字为是。

云溪友议

【书名及异称】

作者范摅，唐僖宗时人。《唐诗纪事》卷七一记“范摅之子”事，云是吴人，与方干同时。后移居越州会稽郡。此地有若耶溪，别名五云溪，故自号五云溪人。“云溪友议”者，即作者与友伴谈话记录之谓。书中所记绝无乾符以后之事，故可推断成书于广明之前。①

【著录与版本】

古今书目均入“小说”、“小说家”或“子杂”类，而著录卷数不同。《新唐书·艺文志》“小说家类”有范摅《云溪友议》三卷，《崇文总目》《通志·艺文略》《郡斋读书志》同，《直斋书录解题》则著录《云溪友议》十二卷，又云“《唐志》三卷”，说明宋时即有两种分卷不同的本子。《宋史·艺文志》作十一卷，当系十二卷之误。《四库全书总目》亦作三卷，入“小说家·杂事类”。《天禄琳琅续编》著录《云溪友议》宋刻本三卷，《上善堂宋元板精钞旧钞书目》中有叶石君手钞《云溪友议》三卷，有自跋，不知存否？今存明陈汝元校刊本、明刊小字本、《嘉业堂丛书》本，均为三卷。自《四部丛刊续编》影印明小字本后，此本遂广为流传。此书前有范氏自序，纪事每条以三字为标题，可能接近原书面貌。后附

① 参看汤华泉《范摅二考》，载《文献》1996 年第 2 期。

张元济《校勘记》一卷，1957 年古典文学出版社据之排印，列入《中国文学参考资料小丛书》。《嘉业堂丛书》本亦后附刘承幹《校勘记》三卷。《稗海》本为十二卷，佚《自序》与条文前之三字标题，文字讹夺亦较三卷本为多。《丛书集成》本据之排印。而据唐雯介绍[①]，复旦大学图书馆中藏有两种十二卷本的钞本：一为明嘉靖十四年（1535）王良栋抄本，一为清褚德彝过录劳权校清抄本，二者与《稗海》本中文字颇多异同。二书均保存范摅原序、总目，每条之前的三字标题亦未佚去。王氏的年代远在商濬之前，尤可注意。由此可知，《云溪友议》之校雠问题尚可多方寻求异本再次整理。

【内容之分析】

全书纪事六十五条，诗话占十之七八，逸篇琐事，颇赖以传。因为这是唐人说唐诗，耳目所接，终较后人为近，所以韦縠《才调集》、计有功《唐诗纪事》等书都曾取资于是。然摅本处士，放浪山水之间，接交的人有局限，所记道听途说，传闻失实之处甚多。例如卷上《严黄门》条记李白作《蜀道难》为“房（琯）、杜（甫）之危”之说，对后世影响甚大，而并不可信。又如卷上《江都事》条记李绅一条，夸张过甚，几全不可信。《新唐书》卷一八一《李绅传》言开成初为河南尹，“绅治刚严”，恶少“皆望风遁去”，与《云溪友议》所言有相合处，然范书又云“骡子营骚动军府”，则张冠李戴，与史实不合。“骡子营”乃蔡州军事，见《旧唐书》卷一四五《吴元济传》与一六一《刘沔传》。吴传云：“地既少马，而广畜骡，乘之教战，谓之‘骡子军’，尤称勇悍，而甲仗皆画为雷公星文

① 唐雯《云溪友议十二卷本考述——以复旦大学图书馆所藏两种钞本为中心》，载《中国典籍与文化》2011 年第 4 期。

以为厌胜。”可知此事与李绅全然无涉。《资治通鉴考异》曾引用此书，时加驳正，然亦有据之载入正文者，如卷二二宣宗十年“九月，韦廑贬永州司马”下，司马光下按语曰：“今官名从《东观奏记》及《实录》，事采《云溪友议》。”可见此书亦可提供考史之可信资料。

《云溪友议》记载之内容甚为广泛，如卷下之《因嫌进》《沈母仪》等，可见唐代科场取士之内幕；又如卷下《羡门远》记纥干㬊作《刘弘传》，雕印数千本；《蜀僧喻》记王梵志及其诗歌事，都有重要的史料价值。

《云溪友议》叙事婉转曲折，中多男女悲欢离合故事，与传奇体裁为近。如卷中《玉箫化》记韦皋与姜使君家青衣玉箫相爱，因赴科举而忍痛离别，后逾约不归，玉箫乃绝食而死，后缘托生而终得为侍妾。卷下《题红怨》记宫女题诗红叶，偶为书生卢渥所得，后卢任职范阳，遇宣宗省却宫人，许从百官司吏，此题诗宫女适得配卢渥。此类故事，已成脍炙人口之爱情传说，对后世戏曲、小说影响甚大。

幽闲鼓吹

【书名及异称】

《世说新语·文学》篇引孙兴公（绰）云："《三都》《二京》，五经鼓吹。"刘孝标注："言此五赋是经典之羽翼。"意谓大赋可起宣扬经书之作用。"幽闲"喻写作时之心境。张固自言撰此小说意在宣扬幽闲之心情。"鼓吹"本为乐队之名，后每用作书名，如元好问即著有《唐诗鼓吹》一书。顾元庆刻《顾氏文房小说》，跋云："余尝阅《唐诗鼓吹》，读姚文公序文，谓宋高宗退居德寿宫，尝纂唐宋遗事为《幽闲鼓吹》。"按《诗话总龟》卷十六中有"鹅羊山""醉乡"二条，中引《湘中别记》及毕田诗，注出《幽闲鼓吹》。又"水帘"一条，引《湘中故事》。毕田为北宋人，曾撰《湘中故事诗》一卷，故王国良疑此或即宋高宗所纂之《幽闲鼓吹》。

【著录与版本】

《新唐书·艺文志》"小说家类"著录张固《幽闲鼓吹》一卷，《崇文总目》《通志·艺文略》《郡斋读书志》《直斋书录解题》《宋史·艺文志》均作一卷，入"小说类"或"小说家类"。《遂初堂书目》亦入"小说类"。《四库全书总目》入"小说家·杂事类"。《郡斋读书志》（袁州本）卷三下提要云："右唐张固撰，纪唐二十馀事。懿、僖间人。"（衢州本）卷十三云："纪唐史遗事二十五篇。"明嘉靖时顾元庆据家藏宋本刻出，后出之《续百川学海》本、《宝颜堂秘笈》本、《学海类编》本等多种，均从《顾氏文房小说》本出，唯条目分合有异。1958年中华书局上海编辑所曾据《顾氏文房小说》本排印。《太平广记》引文计二十条，卷二五七《任毂》条记"唐任毂有经学，居怀谷，望征命，而蒲轮不至"，不见世传各本，足征今本有佚。

【内容之分析】

张固，生平无考，书前署名称"清河"人。《郎官石柱题名》金部郎中有张固，莫休符《桂林风土记》言大中时任桂管观察使，不知是否即此书作者。郭茂倩《乐府诗集》卷七九作张同，当系形讹。

顾元庆跋称此书"共二十五篇"，而《顾氏文房小说》本实分为二十七篇，或许顾氏将潘炎与子孟阳事合计一条，元载与子伯和事合计一条，故有此说。潘炎与子孟阳事之主要人员，为潘炎妻刘氏，确应合为一条，《说郛》张宗祥辑明钞本卷二十录文三条，潘炎与子孟阳事正合为一条，而元载与元伯和事则内容不同，理当分列，故全书应正称之曰共二十六条。

顾元庆跋又称："固在懿、僖间，采摘宣宗遗事，简当精覈，诚可以补史氏之阙。"然书中记有安禄山将反时付地图与诸将，命"直至洛阳"，又记文宗、武宗之前轶闻多条，均非"宣宗遗事"，唯以宣宗时事为多耳。李裕民则以为张固的主要活动在宣、懿之世。[①]

《幽闲鼓吹》中记载的一些文人事迹，脍炙人口，如言白居易赴京应举，献诗顾况，有"咸阳原上草，一岁一枯荣。野火烧不尽，春风吹又生"之句，顾况遂前后态度丕变。又有李贺献《雁门太守行》诗与韩愈，

---

① 载《四库提要订误》，书目文献出版社1990年版。

及李藩欲缀李贺诗而未成等记叙。据今人考证，白居易与顾况二人不可能在长安见面，故此事纯属传说。① 朱自清《李贺年谱》谓李藩死于贺前，"则张固所叙亦妄言之耳"。② 说明书中的一些记载未必合乎事实，但可觇知其时文坛风气。李贺受到韩愈激赏之事则当为事实，可见此类事真伪杂糅，读时自当分别。

书中如宣宗嘱念万寿公主、宣宗召韦澳问对、朱崖李相封川李相交恶、朱崖致礼监军使杨钦义、元载丈人求职等数则，《资治通鉴》均已采入；张长史遇老父得异书一事，《新唐书》采入张旭本传。其中李德裕、李宗闵交恶一事，王应麟《困学纪闻》卷十四《考史》曰："《通鉴》载李德裕对杜悰，称'小子'，闻御史大夫之命，惊喜泣下。致堂(《读史管记》二十五)谓德裕岂有是哉！杜悰，李宗闵之党，故追此语以陋文饶，史掇取之。以文饶为人大概观焉，无此事必矣。愚按：此事出张固《幽闲鼓吹》，杂说不足信也。"李德裕与杨钦义交往一条，更成攻击与维护李德裕之为人者聚讼之根据。《四库全书总目》提要末云："固所记虽篇帙寥寥，而其事多关法戒，非造作虚辞无裨考证者，比唐人小说之中，犹差为切实可据焉。"此说可谓客观之评论。

---

① 参看傅璇琮《顾况考》，载《唐代诗人丛考》，中华书局1980年版。朱金城《白居易年谱》系此事于"贞元三年丁卯(787)，十六岁"条下，上海古籍出版社1982年版。

② 朱自清系此事于"元和六年辛卯(811)，二十二岁"条下。《李贺年谱》原收入《文学论著》，今据《朱自清全集》第八卷，江苏教育出版社1993年版。

杜阳杂编

【书名及异称】

苏鹗《杜阳杂编序》曰："今武功县有杜阳城、杜阳水，予武功人。"《郡斋读书志》（袁州本）卷三下亦云"家武功杜阳川"，故苏氏取其故乡为书名。《绀珠集》引此，作《杜阳编》。

【著录与版本】

《新唐书·艺文志》"小说家类"著录《杜阳杂编》三卷，注："字德祥，光启中进士第。"《郡斋读书志》《直斋书录解题》均作三卷，入"小说类"。《崇文总目》入"传记类"，《通志·艺文略》分别入"传记·冥异"与"小说类"，均作三卷。《宋史·艺文志》入"小说家类"，唯作二卷，不知何故？《遂初堂书目》入"小说类"而不著卷数。明清书目多见著录，《四库全书总目》入"小说家·异闻类"，亦作三卷。传世有《稗海》本、《学津讨原》本等多种。《丛书集成》本据《学津讨原》本排印，中华书局上海编辑所1958年当亦据此本排印。上海市文物保管委员会有明陈汝元校之旧钞二卷本。北京图书馆藏旧钞本三卷，原藏铁琴铜剑楼，《铁琴铜剑楼藏书目录》卷十七曰："唐苏鹗撰并序。黄琴六丈从秦西岩致爽阁钞本校过。卷首钞黄琴六读书记印。"苏序他本均佚，故此本弥足珍贵。

《类说》卷四四节录二十九条，全见今本。《绀珠集》卷四节录三条，《太平广记》引文三十六条，其中卷二三七《李璋》、四〇四《肃宗朝八宝》两条不见今本，则是今本已有遗佚。

【内容之分析】

苏鹗生平无甚可考，知为初唐时宰相苏颋之族人，尚著有《苏氏演义》十卷，可征其学识颇佳。《四库全书总目》提要曰："所记上起代宗广德元年(763)，下尽懿宗咸通十四年(873)，凡十朝之事，皆以三字为标题。"按其时小说，如《云溪友议》《鉴诫录》等，均以三字为题，《杜阳杂编》则否，此处当系馆臣误记。

全书共五十二条，内容多述四方异闻与奇技宝物，与《酉阳杂俎》中《物异》等部分相类。其文铺张缛艳，颇为后代所重，宋人诗文中引用此书者甚多。书中加注四十一处，作者每用以提示所述内容之出处，又时于文末说明此说得之何人，如卷上叙天宝中异国所献软玉鞭事，下注："故水部贾嵩员外所传也。"卷下叙武宗时诸国献珍宝事，下注："传于濮州刺史杨坦。"似乎信而有征，不容置疑。但书中记载，如日林、大林、吴明、拘弭、大轸等国，《唐书》所载域外诸国均无此名；又如所记某物为某年某月所献，又不见于诸帝本纪与《会要》等书，因此学术界对此向持保留态度。然清张荫桓《三洲日记》卷二曰："各国方言互异，即能翻译，而字义亦无可诂。……苏鹗《杜阳杂编》，《四库》嗤其祖述《拾遗》《洞冥》诸记，所述某物为某年某国所贡……以近日海外诸国衡之，苏鹗所记，当系南洋群岛之与中国近者。译音互异，《唐书》偶失载，未可概目为夸饰也。"其说亦颇近理，说明此事有待于后人的进一步研究。

此书也有其平实可信的一面，如记文宗朝王涯、郑注、贾悚、舒元舆四相，懿宗嫁同昌公主，西门季玄斥李可及，鱼朝恩为养子索紫服等事，已为《新唐书》与《资治通鉴》所吸收。苏鹗叙文宗之好文与懿宗之佞佛，具体生动，均有重要的参考价值。

桂苑丛谈

【书名及异称】

“桂苑”一词，首见谢庄《月赋》：“乃清兰路，肃桂苑。”《文选》李善注曰：“桂苑，有桂之苑。”后乃指称清幽之所。而古时又以桂为高贵之树，早与选拔文才相关。《晋书·郤诜传》：“武帝于东堂会送，问诜曰：‘卿自以为何如？’诜对曰：‘臣举贤良对策，为天下第一，犹桂林之一枝，昆山之片玉。’”唐代乃以“桂苑”比喻科举考场，黄滔《二月二日宴中贻同年封先辈渭》诗曰：“桂苑五更听榜后，蓬山二月看花开。”亦有用作“文苑”之异称者，如旅唐新罗文士崔致远有《桂苑笔耕集》二十卷。《太平广记》卷一七四《班蒙》条引此书作《桂苑丛记》，或系笔误。

【著录与版本】

《新唐书·艺文志》“小说家类”载《桂苑丛谈》一卷，原注：“冯翊子子休。”《郡斋读书后志》“杂史类”曰：“右题云冯翊子子休撰。杂记唐朝杂事，僖、昭时。当是五代人。”又引李淑语曰：“姓严。”则是作者严某，字子休，号冯翊子。按冯翊为汉代都城长安之左辅，所谓左冯翊者是也。汉严彭祖官左冯翊，子孙家焉。冯翊乃为严氏郡望。此地唐代为同州，治所在今陕西大荔县。据此似可推知作者本为长安附近人士，流寓江南吴地，故以故地为号；也有可能这里是以郡望作为名号。

《崇文总目》著录于“传记类”，《通志·艺文略》仍入“小说类”，《宋史・艺文志》入“小说家类”，而云“不知作者”。《四库全书总目》入“小说家・异闻类”。上述诸书均作一卷。明末陈继儒刻入《宝颜堂秘笈续集》，亦作一卷，题“唐子休冯翊撰”，则是误以冯翊为作者之名字。此外，尚有《续百川学海》《五朝小说》《唐人说荟》等不同本子，文字无大异。1958 年中华书局上海编辑所据《宝颜堂秘笈续集》本排印。

【内容之分析】

此书所记，上起懿宗咸通时，下至唐末，共有十条文字，均叙江淮间流传之故事。前有标题，除《太尉朱崖辩狱》《方竹柱杖》叙李德裕事，《班支使解大明寺语》叙令狐绹事，《赏心亭》叙李蔚事，其余均为社会地位较低者之轶闻。中如《崔张自称侠》内言张祜之子曰冬瓜，有“冬瓜合出祜子”之说。按张祜，《又玄集》等书作“张祐”，“祜”“祐”二字孰是，殊难确说。《南部新书》卷丁：“张祐，字承吉，有三男一女，桂子、椿儿、椅儿。桂子、椿儿皆物故，唯女与椅在。椅儿名虎望，亦有诗名。后求济于嘉兴监裴弘庆，署之冬瓜堰官，望不甘。庆曰：‘祐子之守冬瓜，所谓过分。’”此说与《桂苑丛谈》相仿，两相比较，可知“祐”字与“瓠子”不能相通，当以《桂苑丛谈》上的记载为可信。又张祜遇侠者以豕首伪称仇人之首而受骗，《儒林外史》第十二回《侠客虚设人头会》即据此铺衍而成。

此书间涉怪异，而多数条目实为文字游戏，颇能引发他人之阅读兴趣。《客饮甘露寺》中叙“吴王收复浙右之岁”，即杨行密于唐昭宗天复二年（902）封吴王之时，甘露寺僧遇四鬼咏诗以叙往事，钱钟书曰：“又《全唐诗》甘露寺鬼《西轩诗》虏衣者曰：‘赵壹能为赋’云云，缝掖衣者曰：‘伟哉横海鳞’云云，南朝衣者曰：‘功遂侔昔人’云云；此事出冯翊《桂苑丛谈》，三诗盖分别取之《南史・贼臣传》及《宋书・谢晦传》，乃王伟、谢晦与侄世基之鬼，自诵其生前所作诗。”[①]李剑国又据《全唐诗》卷五九八高骈之诗，以为朱衣者乃高骈，遂使此文豁然可通。[②]

《宝颜堂秘笈续集》本后附《史遗》十八条，内有叙王积薪棋艺等脍炙人口的文字，然此《史遗》乃另外一书，《新唐书·艺文志》等书目均著录。王国良《唐代小说叙录》于此考辨已明。

① 载《管锥编》第二册读《太平广记》卷三四八(鬼诗)，中华书局1979年版。

② 载《唐五代志怪传奇叙录》第四卷《桂苑丛谈》提要，南开大学出版社1993年版。

刊　误

【书名及异称】

此书作者为李涪，故又称《李氏刊误》。“刊误”者，刊正当时各种误说之谓。

【著录与版本】

《新唐书·艺文志》“小说家类”著录李涪《刊误》二卷，《崇文总目》入“小说类”、《直斋书录解题》入“杂家类”，均作二卷。《通志·艺文略》入“小说类”，作一卷，撰者误作李滂。《遂初堂书目》入“杂家类”而不著卷数。《宋史·艺文志》分别收入“经解类”与“传记类”，唯一作二卷，一作一卷。《四库阙书目》《秘书省续编到四库阙书目》均有李涪《刊误》二卷，唯入“论语类”；《玉海》卷四四引《中兴馆阁书目》，亦载唐李涪《刊误》二卷，入“小学类”。《四库全书总目》著录《刊误》二卷，入“杂家类”。北京图书馆藏有吴慈培影宋钞本。传世者有《百川学海》本、《古今逸史》本、《格致丛书》本、《学津讨原》本、《榕园丛书》本等多种。由哈佛燕京学社侯毅所编之《〈刊误〉引得》，即据《榕园丛书》本编制，于 1934 年出版，颇便使用。

【内容之分析】

作者李涪，陇西人，唐宗室使相李福之子。生卒年不详，活动年代在僖宗、昭宗时。曾任国子祭酒、常侍、宗正卿、尚书等职。《新唐书》卷二二四下《叛臣下·王行瑜传》记载："始，行瑜乱，宗正卿李涪盛陈其忠，必悔过。至是帝怒，放死岭南。"其时当在乾宁二年（895）。然《刊误》卷下《杖周议》中自云"予乾宁三年九月行吊于名士之家"，则是乾宁二年放死岭南之说不确。《北梦琐言》卷六言李涪于光化中尚与诸朝士避地梁川，其时年事已甚高。原书《奉陵》条曰"予省事六十年"，说明著书之时已在六十之后，而《北梦琐言》卷九曰："广明以前，《切韵》多用吴音，而清、青之字，不必分用。涪改《切韵》，全刊吴音。当方进而闻于宰相，佥许之。"说明《刊误》之作，广明之时已经着手。全书二卷，分五十篇，乃正文四十九篇，外加《自序》一篇。胡玉缙曰："邓邦述《群碧楼书目》有是书，载咸丰五年胡珽跋云：'今得宋本证之，知五十篇之说乃合自序言之，非有所盖阙也。'"此乃驳正《四库全书提要》而发。① 这是一部探究和考订典故的著作，上卷多考礼制，引古制以明唐末之失；下卷更扩及其他问题，诸如明训诂，正读音，议史实，正风俗，颇为笃实。李涪因家世之故，识见既广，学问亦佳，故所言颇有可采者。如"二都不并建"条言武后迁东都之意图，"宰相不合受节察防御团练等使櫜鞬拜礼"条考订节度使的设置和节度使礼拜宰相的起源，"压角"条叙宰相监临两省官判事的仪式，又如"祭节拜礼"言宰相吕諲因立戟事而为有识者所嗤，"释怪"中批判李商隐之为文"乃一锦

① 载胡玉缙撰、王欣夫辑《四库全书总目提要补正》，中华书局上海编辑所1962年版。

工耳”,均有参考价值。而如评陆法言《切韵》一条,议论精到,就一直受到后代音韵学家的重视。《刊误》在书目中归类不一,当以其时学术界还不太能够明确判定此书之性质。因为这类近于读书笔记的著作,前此不多见,但对了解唐代的典章制度和礼仪风俗来说,却又有可贵的资料。因此《唐语林原序目》中纳入此书,好多条目列在今本第八卷中,今亦以同样理由计,撰叙录以作介绍。

北里志

【书名及异称】

北里即平康里。因在唐代长安城之北部，故称北里。其地为妓院集中之所，故即以此为妓院的代称。《北里志》为记载这一妓院集中地有关情事之专著。书名或作《北里誌》。又《唐摭言》卷十言赵光远著《北里志》，《唐才子传》卷九《赵光远》中沿用，其说实误。赵光远事尚见《北里志》中的《杨妙儿》篇。

【著录与版本】

此书自《四库阙书目》《秘书省续编到四库阙书目》始见记载，均作一卷，入“小说类”。《直斋书录解题》《宋史·艺文志》同，入“小说家类”。《遂初堂书目》入“小说类”而不著卷数。《郡斋读书志》(衢州本)又云“右唐孙棨撰。记大中进士游狭邪杂事。孙光宪言棨之意在讥卢相携也。盖携之女与其甥通，携知之，遂以妻之，杀家人以灭口云。”《四库全书总目》不录此书，当以其性质不合皇家规范故。传世有《古今说海》本、《续百川学海》本、《五朝小说》本、《唐人说荟》本等多种。1957 年古典文学出版社据《古今说海》本排印，用《说郛》张宗祥辑明钞本卷十二引文校过，列入《中国文学参考资料小丛书》，较为完善。中华书局上海编辑所 1959 年重印。日本有斋藤茂《北里志》评注本，平凡社 1992 年出版。

【内容之分析】

作者孙棨，字文威，安邑人。曾官侍御史、中书舍人。《直斋书录解题》称“唐学士孙棨撰”，今本结衔署翰林学士，《唐语林》卷七亦称“翰林学士孙棨《北里志》”，近人岑仲勉《补唐代翰林两记》卷上以为棨中和以前未尝官学士，大顺中犹官侍御史，此外无可征佐，故棨充翰林学士之说应存疑。又孙光宪《北梦琐言》卷四亦言“孙棨舍人著《北里志》”，其官衔与《新唐书・宰相世系表十三下》所记合，则是孙棨或以中书舍人终官。孙氏《自序》称僖宗中和四年(884)因经丧乱，前志扫地以尽，因思昔游之盛而作是书。内凡记二十事，多数有标题，除记进士、官僚于平康坊中饮宴狎妓之事外，如“海论三曲中事”全面介绍妓女一般生活情况，“天水仙哥”记进士刘覃的豪奢，“楚儿”记妓女年老后之处境，并揭露万年县捕贼官之凶狠，“郑举举”叙名妓之才艺，均可觇知晚唐官吏、士子之生活与心态，可供研究唐代社会民俗之需。

《北梦琐言》卷四曰：“孙棨舍人著《北里志》，叙朝贤子弟平康狎游之事，其旨似言卢相携之室女，失身于外甥郑氏子，遂以妻之，杀家人以灭口。”揆之全书，考之卷首无为子自序，此说实难成立，或是后人附会之词。

柳氏叙训

【书名及异称】

《新唐书·艺文志》“杂传记类”著录《柳氏训序》一卷，下注“柳玭”。《崇文总目》“传记类”有柳玭《训叙》一卷，《秘书省续编到四库阙书目》有柳玭《训序》一卷，入“小说类”，注“阙”。《郡斋读书志》《宋史·艺文志》入“传记类”，作《柳氏序训》一卷，《遂初堂书目》亦入“杂传类”，称《唐柳氏叙训》。《资治通鉴考异》引此均作《柳氏叙训》。《叙训》意即训诫子孙之文字。宋代典籍时引《柳氏家训》，当是此书异称。

【著录与版本】

此书早佚，仅《资治通鉴考异》中引文若干，类书中偶有征引而已。新、旧《唐书·柳玭传》后各附文数条，有可能即《叙训》中文。《唐语林原序目》中有《柳氏叙训》一书，但已无法分辨《唐语林》中的哪些条文原出此书。

【内容之分析】

作者柳玭，新、旧《唐书》有传，附《柳公绰传》。柳玭尚著有《续贞陵遗事》一卷，已见前述。柳玭为柳公绰之孙，柳仲郢之子。《因话录》

卷二曰:“仆射柳元公家行,为士林仪表”,“大僚睦亲敦旧者,前辈有司徒郑公,中间有杨詹事凭、柳元公,近日李相国武都公宗闵,士大夫间罕俦。”《东观奏记》卷中亦曰:“贞元、元和已来,士林家礼法严整,推韩皋、柳公绰、柳仲郢为首称。”柳玭以家行自负,故撰此书。《郡斋读书志》曰:“唐柳玭叙其祖父公绰已下内外事迹,以训其子孙。”然柳玭之叙事,与事实每多出入。洪迈《容斋四笔》卷十一《册府元龟》条叙宋真宗命儒臣编修君臣事迹,编修官上言:“又有子孙追述先德,叙家世,如李繁《邺侯传》《柳氏序训》《魏公家传》之类,或隐己之恶,或攘人之善,并多溢美,故匪信书。”《资治通鉴考异》卷二十元和“十一年十一月,柳公绰杖杀神策将”下,引《柳氏叙训》曰:“公穆宗朝为大京兆,有禁军校冒驺卒唱,驻马毙之。翌日,延英对上云云。朝退,上顾左右曰:‘尔辈大须作意。如此神采,我亦怕他。’”又引《因话录》曰:“宪宗正色诘公专杀之状,公曰:‘京兆尹在取则之地。臣初授,陛下奖擢,军中偏裨跃马冲过,此乃轻陛下法,不独试臣。臣杖无礼之人,不打神策军将。’”司马光“按:公绰,宪宗、穆宗朝俱尝为京兆尹。此事恐非穆宗所能为,《叙训》之误也。今从《因话录》”。《新唐书·柳公绰传》亦系此事于元和十一年。又《通鉴考异》同卷穆宗长庆三年“五月,柳公绰诛舞文吏”下,引《柳氏叙训》曰:“公为襄阳节度使,有名马,人争画为图。圉人洁其蹄尾,被蹴致毙。命斩于鞠场。宾吏请曰:‘圉人备之不至,良马可惜!’公曰:‘有良马之貌,含驽马之性,必杀之。’有齐皑者,哭且献状曰:‘迁三世十二丧于武昌,为津吏所遏,不得出。’公览状,召军候擒之,破其十二柩,皆实以稻米。时岁俭,邻境尤甚。人以为神明之政。”司马光“按:韩愈与公绰书曰‘杀所乘马以祭踶死之士’,乃在鄂岳时事,《叙训》《旧传》皆误也。察齐衰者乃是闭粜,非美事,今不取”。可见《叙训》中的记事细节上每有错误。

宋代典籍亦偶有征引，如《能改斋漫录》卷六、《寓简》卷五言张平叔以赃败，《海录碎事》卷十八引文言其藏经史子集家有三本，而《石林燕语》卷八引柳玭《家训序》叙雕板见闻，最具文化史之价值。

松窗杂录

【书名及异称】

窗外有松，喻居处之幽雅，每用以指书斋或别墅。李德裕《寄茅山孙炼师》诗之三："独寻兰渚玩迟晖，闲倚松窗望翠微。"

此书作者、书名均多异说。《新唐书·艺文志》"小说家类"载《松窗录》一卷，不著撰人。《通志·艺文略》《遂初堂书目》入"小说类"，亦不著撰人。《崇文总目》则入"传记类"，作者属李濬。《郡斋读书志》（衢州本）"小说类"载《松窗录》一卷，云"唐韦叡撰，记唐朝故事"。袁州本则入"杂史类"。《宋史·艺文志》入"小说家类"，书名《松窗小录》，李濬撰。《四库全书总目》则入"小说家·杂事类"。《唐诗纪事》卷十引此，作皮日休《松窗录》；吴曾《能改斋漫录》卷三引此，作王叡《松窗录》；《白孔六帖》卷十三引此，作王歆《松窗录》；《说郛》（宛委山堂本）卷五二收入此书，则题名《摭异记》，而张宗祥辑明钞本卷四收入杜荀鹤《松窗杂录》一种，又是另外一书，与此无涉。

【著录与版本】

《顾氏文房小说》本、《奇晋斋丛书》本均作《松窗杂录》一卷。1958年中华书局上海编辑所曾据《顾氏文房小说》本排印。《四库全书》本据天一阁抄本移录，与《顾氏文房小说》本同，比《历代小史》本多出"中宗召宰相苏瓌、李峤子进见"与狄仁杰姨母二条。

【内容之分析】

此书作者当为李濬。陆心源《皕宋楼藏书志》卷六二“子部·小说类”记载，他藏有仿宋刊本《松窗杂录》一卷，亦题唐李濬撰。《顾氏文房小说》本刊行较早，亦题“唐李濬编”。唐人名李濬者甚多，而年代每多不合，《文苑英华》卷八二九录有李濬《慧山寺家山记》一文，乾符六年书，或即此人。由此文可推知，李濬为李绅之子，乾符四年(877)自秘书省校书郎入直史馆。李绅尝拜相，与李德裕关系深切，《旧唐书》卷一七三、《新唐书》卷一八一有传，《松窗杂录》中即记有李德裕之轶闻。书前有序曰：“濬忆童儿时即历闻公卿间叙国朝故事，次兼多语其□事特异者，取其必实之迹，暇日缀成一小轴，题曰《松窗杂录》。”可见李濬以为书中记录的事件属于可信者。

此书记唐初至武宗时事，而以玄宗一朝为多。虽仅薄薄一卷，内容甚为丰富。书中第一条记“内起居注”事，不见其他典籍，内云“自是天宝十载冬季以成三百卷，率以五十幅黄麻为一编，用雕檀轴紫龙凤绫褾。书成，宁王上请自部纳于史阁。上命赐以酒乐，共宴侍臣于史馆。上宝惜是史尤甚，因命别起大阁以贮之。及禄山陷长安，用严(庄)、高(尚)计，未□升殿宫，先以火千炬猛焚是阁，不移时灰灭，故《玄宗实录》百不叙及三四，以是人间传记者尤鲜”。即是一份极为重要的史料。

第二条叙李白作《清平调词》三首，深得玄宗、贵妃喜爱，而为高力士所谗，以致李白不得命官。此事已成文学史上最为脍炙人口的一段佳话。可信与否，学界还有不同看法，然叙李白之天才洋溢，以及宫廷中之勾心斗角，自有其不容忽视之价值。

狄仁杰为著名的贤相，欲对卢氏堂姨之子有所帮助，姨曰：“相自贵尔。有一子，不欲令其事女主。”仁杰大惭而退，“不事女主”自后成了一句名言。

内一条云：“玄宗幸东都，偶因秋霁，与一行师共登天宫寺阁。临眺久之，上遐顾凄然，发叹数四，谓一行曰：‘吾甲子得终无患乎？’一行进曰：‘陛下行幸万里，圣祚无疆。’及西行，初至成都，前望大桥，上举鞭问左右曰：‘是桥何名？’节度使崔圆跃马前进曰：‘万里桥。’上因追叹曰：‘一行之言今果符之，吾无忧矣。’”此事《国史补》卷上《蜀郡万里桥》《大唐传载》与元稹《长庆集》卷二四《乐府·胡旋女》自注引纬书均记此事，可见这事属于当时流传甚广的一种传说。《松窗杂录》末尾还有《物之异闻》一条，记《雷公镤》等二十一事。内如《元先生赠韦丹尚书鲛绡》一条，首见《国史补》卷上《韦丹驴易鼋》，其后岑象求《吉凶影响录·元长史》条（《类说》卷十九引）亦叙此事，后有鼋化为长史名濬之来谒谢之说，薛渔思《河东记》则详叙元濬之报恩始末（《太平广记》卷一一八《韦丹》条引），可见此说当时流传亦广。又《物之异闻》内有《笔管上镂卢思道〈燕行歌〉》，并见《卢氏杂说》（《太平广记》卷二一四《杂编》、《绀珠集》卷九《笔管从军行》、《类说》卷四九《笔管刻从军行》均引），足见此说亦为流传甚广之趣事。李濬下加按语曰：“已上二十一物皆得其所自，或经目识，客有疑问，悉用条谨。”说明李濬本可据此再写成很多条目，然因故未成，只能留下前面十三条条文。

《资治通鉴考异》卷十一长安二年十一月“命苏颋按覆来俊臣等归狱”下，引《松窗杂录》“中宗常召宰相苏瓌、李峤子进见”一条，下加按语曰：“颋此年已为御史。瓌为相时，颋为中书舍人，父子同掌枢密，非童年也。今不取。”又卷十二开元元年“十二月，张说左迁相州刺史”下，引《松窗杂录》记一书生报恩而救张说事，下加按语曰：“此说亦似出于好事者。”可见此书有些条文当有传闻失实处。

玉泉子

【书名及异称】

《直斋书录解题》卷十一“小说家类”著录《玉泉笔端》三卷，又别一卷，下云：“不著名字。有序，中和三年作。末有跋云‘扶风李昭德家藏之书也’，即故淮海相公孙。又称‘黄巢陷洛之明年’。跋亦不知何人。别一本号《玉泉子》，比此本少数条，而多五十二条，无序跋。录其所多者为一卷。”《新唐书・艺文志》“小说家类”著录《玉泉子见闻真录》五卷，《宋史・艺文志》“杂家类”著录《玉泉子》一卷，“小说家类”著录《玉泉笔论》五卷，“论”字当系“端”字之误。《遂初堂书目》“小说类”著录时亦作《玉泉笔端》。《资治通鉴考异》与《永乐大典》引此书时则称之为《玉泉子闻见录》。有的典籍引此书时或简称《真录》或《闻见录》。玉泉子为某一文人所取之号，原名不详。《旧小说》题卢仝撰，当以卢号玉川子，而有此误题。

【著录与版本】

历代书目著录此书以入“小说类”或“小说家类”者为多，唯《崇文总目》入“传记类”，《通志・艺文略》入“杂史类”，均作五卷，称《玉泉子见闻真录》，《通志》并云“纪唐懿宗至昭宗时事”。《国史经籍志》卷三“杂史”有《玉泉子见闻真录》五卷，其下注文袭《通志》。《文渊阁书目》《秘阁书目》“子杂”有《玉泉子闻见真录》一册，孙从添《上善堂宋元版精钞旧钞书目》"名人钞本"内有钱遵王手钞《玉泉子见闻录》五卷，则是此书明代尚存。然此五卷本与三卷本今已不存。徐𤊹《红雨楼书目》"小说类"有《玉泉子》一卷，《绛云楼书目》有《玉泉子》十卷，卷数乃陈景云后加，不知该书究属何种版本？《永乐大典》曾加征引，不知依据的是怎样一种本子？《天一阁现存书目》有钞本一卷，未见；《述古堂藏书目》卷三"小说家类"有"《玉泉子》一卷，钞"，亦未见。北京图书馆藏明钞本《玉泉子闻见真录》一卷，南京图书馆藏明刊本《玉泉子》一卷，均与目下流传之本子相同，已失原貌。《四库全书总目》归入"小说家·杂事类"，作一卷，云是"内府藏本"，实据《稗海》本移录，其他各丛书中之本子均从此出。《稗海》本无序跋，仅存八十二条，经严杰逐条核查对照，发现所有条文都见于《太平广记》，文字相异处极少。而自第三十六条"牛庶锡"起至卷末共四十七条，以及第一、十九、二十五、二十七条，在《广记》中都另有其主，主要出于《闻奇录》《芝田录》《尚书故实》《卢氏杂说》四书。[①] 又此八十二条中，与《太平广记》中的《玉泉子》引文相同的有三十一条，而《广记》卷一三三《孙季贞》《李詹》、卷一四四《封望卿》三条未收。《类说》引《玉泉子》十八条，有十六条不见今本，或即别出于《玉泉笔端》的另一种本子。张宗祥辑明钞本《说郛》引文七条，内五条不见今本。《永乐大典》卷之一万三百一十《死·为愤贬死》引李瓒一条，卷之一万八千二百八《将·杖杀军将》引薛元赏一条，均云出《玉泉子闻见录》，而不见今本《玉泉子》，今本《唐语林》中则分别录于卷六与卷三。又《说郛》(宛委山堂本)卷四六、(张宗祥辑明钞本)卷十一录《玉泉子真录》内有"令狐楚镇东平"一条，不见今本《玉泉子》，今本《唐语林》录于卷六。据《唐语林原序目》，王谠所录者为《玉泉笔端》，可见《玉泉子》《玉泉笔端》《玉泉子闻见真录》诸书，乃宋

---

① 严杰《〈玉泉子〉考》，载《古籍整理研究学刊》1992 年第 3 期。

人将唐代的这一小说重行编纂而出现的各种不同书名，内容相同处甚多，而所录条数多寡不同，后人自可根据今本《玉泉子》对各种异名的这一著作进行研究。至于今本《玉泉子》的纂辑时间，则当在元末至明嘉靖一段时间内。

【内容之分析】

郑樵《通志》于此书名下注云："纪唐懿宗至昭宗时事。"高似孙《史略》同。《直斋书录解题》记《玉泉笔端》有序，言中和三年(883)作，跋中又云"黄巢陷洛之明年(884)"，中和为僖宗之年号，而内中文字曾记其后之事，故疑《玉泉笔端》撰述之后，有人另纂《玉泉子闻见真录》，而将僖宗之后的事件列入。总之，这是一部记载中唐至晚唐时期的笔记小说。现存条目虽不多，然杂记社会上的重要事件，涉及政治制度、社会风俗、婚姻与科举中的种种趣闻。有的条文已为正史所采录，即如上举《永乐大典》引《玉泉子闻见真录》薛元赏事，《资治通鉴》文宗太和九年即曾引入。

《玉泉子》中有几则有关科举的轶事，最为脍炙人口，如言"李德裕以己非由科第，恒嫉进士举者"，又因举子投文轴时，以李德裕无科名而复投"及第"李评事，以致李德裕志在排斥。然李德裕又推荐卢肇、丁棱、姚鹄等人及第，这些都是谈唐代科举时经常引用的资料。又如杜羔妻刘氏寄诗激励，赵悰及第后妻族之态度迥变，足以反映其时士人之处境。邓敞再娶宰相牛僧孺女而得及第一事，清纽琇《觚剩》续编卷一《文章有本》言此事为南戏《琵琶记》所本，又可见其对后代文学之影响。

《玉泉子》有云："相国李石，河中永乐有宅，庭槐一本抽三枝，直过当舍屋脊，内一枝不及。相国同堂昆弟三人，曰石、曰程，皆登宰执，唯福一人历七镇使相而已，盖一枝稍短尔。”同样的记载，尚见《酉阳杂俎续集》卷十和《北梦琐言》卷七。笔记小说中这类情况甚多，作者先后同时，可能都是根据一种传说记录下来的，不一定年代稍后者定然抄自前人。此文今见《太平广记》卷四百七《三枝槐》条，原阙出处，汪绍楹下加校语曰：“今见《酉阳杂俎》续十。”①《酉阳杂俎续集》有人认为乃经宋明时人缀辑，故像这类条文的归属，尚可进一步考索。

① 《太平广记》汪绍楹校本，中华书局1981年第二次印刷本。

补国史

【书名及异称】

《补国史》之命名与李肇《国史补》同，参看该书叙录。洪迈称之为《后史补》，意思相同。

【著录与版本】

《新唐书·艺文志》“杂史类”载林恩《补国史》十卷，原注：“僖宗时进士。”《崇文总目》“杂史类”作六卷，《通志·艺文略》同，惟作者误作“林慎思”。《玉海》卷四七“艺文·杂史”著录林恩《补国史》十卷，引《中兴书目》曰：“《补国史》六卷，载德宗以后二十三年事。其条目次序差互。”《宋史·艺文志》“传记类”载《补国史》五卷，又“小说家类”载《史遗》一卷，云林思撰，一作黄仁望撰。实则《史遗》为另一书，作者早佚其名，《新唐书》将此书编在林恩《补国史》十卷、《传载》一卷之下，而《传载》《史遗》之下均无作者名字，《宋史》作者误将诸书连续，以为《史遗》也是林恩的著作，大误。《史遗》一书之单行本早佚，明人将之编入《桂苑丛谈》，乃成此书之后半部分，更使后人难以辨识。王国良《唐代小说叙录》于此考辨甚明。洪迈《容斋四笔》卷十一《册府元龟》条言史家不用杂史等资料，“《资治通鉴》则不然，以唐朝一代言之……大中吐蕃尚婢婢等事，用林恩《后史补》……皆本末粲然。然则杂史、琐记、家传，岂可尽废也？”又五代时人高若拙撰《后史补》三卷，《玉海》卷四七引《中兴馆阁书目》与《宋史·艺文志》“传记类”均曾著录，与林恩之书内容不同，容易相混。

明代书目少见有关此书之记载。清孙从添《上善堂宋元板精钞旧钞书目》“名人钞本”中有叶石君手钞《补国史》六卷，可知明代尚有此书，可惜叶氏钞本今日也已不知下落。

【内容之分析】

《补国史》中文字，《太平御览》《太平广记》《绀珠集》《类说》等书中均无节录，只有《唐语林》中还保持着完整的文字。如拙著《唐语林校证》卷一中之106条，叙高崇文伐蜀始末，见《资治通鉴考异》卷十九宪宗元和元年“三月高崇文斩李康”，“九月高崇文斩沈衍”，又元和“二年十月高崇文愿效死边陲”，内引《旧·崇文传》与《旧·武元衡传》，末云：“今从《补国史》，参以旧传。”均与《唐语林》中文字相合。《唐语林校证》卷二152条叙唐与南诏交恶，乃概括《补国史》中文而成，见《考异》卷二三大中十三年“十二月南诏陷播州”至卷二三懿宗咸通二年“七月孟穆为南诏吊祭使，会南诏入寇，不行”各条。卷三310条叙李固言诫刘从谏事，见《考异》卷二十敬宗宝历“七年正月刘从谏归镇，心轻朝廷”，司马光下按语曰：“固言此年未为相，其说妄也。今从《实录》。”可知林恩记事亦有舛误。《唐语林》卷六859条叙唐文宗问许康佐《春秋》义，《考异》卷二一大和九年“上与李训、郑注谋诛宦官”，与之文字相合，司马光对此亦有异议；而《唐语林》于此事相隔九条文字之后又叙及郑注释馀祭之祸一事，实承上一文字而来，亦当为《补国史》之佚文，故《校证》将之提前而联缀在一起。这可能已是《补国史》一书仅存的文字较为完整的几段记叙了。

由上可知，《补国史》中文字虽已残佚殆尽，然为《资治通鉴》采纳者不少，尚有部分文字存于《唐语林》与《通鉴考异》中。此书叙事首尾完整，且有详细的自注，介绍事件的始末，近于史书中的纪事本末一体。所记之事，具有重要价值，然亦有不尽可信之处。关于吐蕃、南诏方面的文字，均为有价值的史料，值得参考。

尚书故实

【书名及异称】

此书又名《张尚书故实》《尚书谭录》《尚书故事》。诸名内容相同，说明这是作者李绰访问张尚书而记下的一份谈话记录。

【著录与版本】

《新唐书·艺文志》著录李绰《尚书故实》一卷，入“杂传记类”。《崇文总目》《通志·艺文略》入“传记类”，《郡斋读书志》《遂初堂书目》《直斋书录解题》《宋史·艺文志》均入“小说类”或“小说家类”，《四库全书总目》入“杂家类”。各种书目均作一卷。明代书目尚见著录，如《文渊阁书目》、钱溥《秘阁书目》“史杂”载《尚书故实》一册，徐𤊹《红雨楼书目》“小说类”载李绰《尚书故实》一卷。今存《宝颜堂秘笈续集》《重辑百川学海》《畿辅丛书》等数种，似均从《宝颜堂秘笈续集》本刻出。又《太平广记》引此书文字共四十三条，其中卷一六五《李勉》、卷二〇八《唐太宗》条，均不见《宝颜堂秘笈》本。《太平广记》中之文字，亦每优于《秘笈》本，如《太平广记》卷二一四《杂编》言“国朝李嗣真评画云‘顾画屈居第二’”，《秘笈》本误作“第一”；又《太平广记》引文于“然虎头又伏卫协画《北风图》”下，原注曰：“此图尝在韩吏部家。”《秘笈》本则作“北风，《毛诗》义”。二本差异甚多，引用时可相互查对。《类说》引此书文计二十六条，《绀珠集》引此书文计七条，其中“斗牛诗”一条亦不见《秘笈》本。又此书尚有《说郛》(宛委山堂本)、《五朝小说》《唐人说荟》诸本，均无优胜之处。

【内容之分析】

《新唐书·艺文志》尚著录李绰《秦中岁时记》一卷，入“农家类”。《直斋书录解题》于“时令类”中录《秦中岁时记》，据《中兴书目》云“唐膳部郎中赵郡李绰撰”。赵钺、劳格撰《郎官石柱题名考》，据《新唐书·宰相世系表》与石刻《升仙庙兴功记》，补入礼部郎中栏内。又引钱大昕石刻题跋，以为礼部居膳部之上，而据《直斋书录解题》中之记载，李绰于乾宁丁巳(四年，897)已任礼部郎中，至开平戊辰(二年，908)任膳部郎中，官位颠倒，疑陈振孙误记。岑仲勉则又加以驳正，以为《秦中岁时记序》中所说的“缅思庚子之岁，洊周戊辰之年”，“似综计其阅历仕途之起止，非谓此书作在梁开平二年也。钱大昕所辨，出于误会”。[①] 余嘉锡说：“其《岁时记》自序，有感于庚子、戊辰两年者，因广明元年(庚子，880)，黄巢入西京，秦中自此残破，而天下之事，亦遂鱼烂而不可救，陵夷以至开平二年，朱温杀昭宣帝，李氏遂绝，尤唐之臣子痛心之时也。其叙秦中旧事为书，亦诗人黍离之意云尔。”[②]从陈振孙引《秦中岁时记序》文中之情绪而言，当以余嘉锡之说为是。

李绰在唐灭之后入梁，作《秦中岁时记》；《尚书故实》序中则称“绰避难圃田，寓居佛寺，秩有同于锥印，迹更甚于酒佣”。写作的年代较早，当为广明年间避黄巢之乱，寓居中牟县时之作。李绰，字肩孟，按

---

① 载《郎官石柱题名新考订》(一九)礼部郎中·李绰名下，上海古籍出版社1984年版。

② 载《四库提要辨证》卷十五“子部·杂家类四”《尚书故实》辨证，中华书局1980年版。

《新唐书·宰相世系表》，为赵郡李氏南祖房吏部侍郎纾曾孙宽中之子。赵郡李氏唐末趋于没落，李绰仕履亦不详，仅《旧唐书·昭宗纪》中记载龙纪元年(889)曾任太常博士。

"尚书"究系何人，至今未有定论。《尚书故实序》曰："宾护尚书河东相公，三代盛门，四朝雅望。"《新唐书·艺文志》沿用《崇文总目》中说，以张尚书为张延赏，《通志·艺文略》从之，然《郡斋读书志》《直斋书录解题》都不信此说。其后又有指张弘靖或指张文规等诸说，余嘉锡曾一一辨其误，而疑此人当是张彦远之兄弟辈。① 河东张氏三代相门，自张嘉贞之后，好藏图书，收购书画文物，张尚书所谈内容也多这方面的轶闻趣事。持与张彦远《历代名画记》《法书要录》等书相比较，可证李绰记载的张尚书谈话录，确是张彦远一辈人的口吻。因宾护尚书所谈者，也以这方面的问题为多，中如言《兰亭叙》之葬昭陵，《清夜游西园图》之流传，《魏受禅碑》称三绝，《宝章集》之成书，《千字文》之编纂与智永临摹事，以及郑虔三绝等等，都是流传既广又久的轶事。又如记李汧公制百衲琴，吴中皆言顾况得道解化去，陆畅作《蜀道易》，杨敬之"到处相逢说项斯"，韩愈之子韩昶误读金根车等，也是后人经常提到的文坛掌故。他如言元载破家藉财货诸物得胡椒九百石；苗韩公(晋卿)以足疾步骤微蹇，宣宗每于延英殿灵芝殿待之，后宰相待于小延英自此始等说，也是史书中经常提到的故事。因此，《尚书故实》篇幅虽不大，但文献价值颇高，值得珍视。

---

① 陶敏作《〈尚书故实〉中"张宾护"考》，以为"宾护"乃太子宾客之别称，其说可信，然言此人即张彦远，则尚须进一步研究。因"宾护(太子宾客)尚书"两种官职合而呼之，在唐人称谓中甚为罕见；且考诸史实，张彦远从未任过尚书之职，故余嘉锡以"宾护"为张尚书字之说亦未可断其必误。陶文载《庆祝卞孝萱先生八十华诞文史论集》，江苏古籍出版社 2003 年 1 月版。

阙　史

【书名及异称】

此书至宋代后每加朝代名，故又称《唐阙史》。“阙史”，即阙逸的历史。作者写作此书，即补历史的阙逸。《论语·卫灵公》曰：“子曰：吾犹及史之阙文也。”唐代笔记小说的作者每援此语以自占身份。其时一些著作的书，如《国史补》《逸史》《史遗》《补国史》《后史补》等名字，均寓此意。“阙”与“缺”通，故此书又常写成《唐缺史》《缺史》。

【著录与版本】

此书性质，介于“杂史”与“小说”之间。《崇文总目》《通志·艺文略》《遂初堂书目》均入“杂史类”，《新唐书·艺文志》《郡斋读书志》《直斋书录解题》均入“小说类”或“小说家类”。除《遂初堂书目》不著卷数外，均作三卷。《宋史·艺文志》“小说家类”著录两种，一作《阙史》，一卷，参寥子述；一作高彦休《阙史》，三卷。前者当为合编成一卷之本。明代书目，如《百川书志》《澹生堂藏书目》“杂史类”等，均作二卷；《国史经籍志》“杂史类”有《阙史》三卷，当本《通志》著录，不一定实有其书。《四库全书总目》亦作二卷，入“小说家·异闻类”。传世有顾嗣立《闾丘辩囿》本、鲍廷博《知不足斋丛书》本、马俊良《龙威秘书》本等。前书不易见，后者即据鲍书刻印。鲍书前有乾隆甲午(三十九年)御笔《题唐阙史》七律一首，故亦称《御览阙史》。

《百川书志》记此书共“五十一事”，今传各本均分上、下两卷，共五十一篇，与参寥子自序合，似乎古今无所阙佚。然《资治通鉴考异》及《新编分门古今类事》等类书所引文字，颇有出于今本之外者。张耒《张右史文集》卷四八《题贾长卿读高彦休续白乐天事》：“高彦休作《唐阙史》，辨白乐天无因母坠井作《赏花》《新井》诗，贾子又从而续辨之。”吴骞《拜经楼诗话》卷二引陈振孙《白香山年谱》元和十年乙未六月言其母看花坠井，云出高彦休《阙史》，而“直斋所记彦休之语如此。今鲍氏所刻《唐阙史》，不载此事，非全本也。”因此有人以为高氏《序》中提到的篇数出于后人追改。但《序》中也曾提到：“其间近屏帏者，涉疑诞者，又删去之，十存三四焉。”则是今人看到的一些佚文也有可能属于高氏自行删去的文字。

【内容之分析】

高彦休事迹不详，据《阙史》自序与书中记载，知生于唐宣宗大中八年(854)，僖宗乾符甲午(元年，874)贡进士，时年二十一岁。黄伯思《东观馀论》尝为之跋，云叙称甲辰岁编次，说明此书作于中和四年(884)。之前曾任淮南节度使高骈从事，崔致远《桂苑笔耕集》卷四《为高骈奏请从事官状》列其官衔为“摄盐铁巡官、朝议郎、守京兆府咸阳县尉、柱国”。卒年不详。

高氏自序称“大中、咸通而下，或有可以为夸尚者，资谈笑者，垂训诫者，惜乎不书于方册，辄从而记之。其雅登于太史氏者，不复载录”。可见其著书之旨趣。《通志·艺文略》称此书“记大历以后至乾符事”，盖高氏著书于黄巢乱后。时当晚唐，浮华之习气未除，高氏亦有藉此正人心之意，故每于篇后加按语以申论。《直斋书录解题》云“自号参寥子”，乃取《庄子·大宗师》中高人之名以自喻。《庄子》中云“玄冥闻之参寥”，《经典释文》引李(颐)：“参，高也。高邈寥旷，不可名也。”书中按语均用此号。

作者受高骈影响，所记之事间涉神异。按此书每篇文字均有标题。《李文公夜醮》《吐突承璀地毛》等条，均宣扬灵怪，然大多数的文字平实可信，且不乏可资参考之重要史实，如《裴晋公大度》叙皇甫湜之自大矫激，《周丞相对扬》叙甘露之变后文宗之心情，《郑相国题马嵬诗》叙名篇之传，《李可及戏三教》叙唐代特有之“三教论衡”，《卢相国指挥镇州事》叙枢密使奉旨与宰臣协商国事，可见宦官势力之大。又如白居易母坠井等佚文，对研究白居易的生平而言，也有重要的价值。

黄伯思文曰《跋高彦休〈阙史〉后》，载《东观馀论》卷下，称“彦休叙事颇可观，但过为缘饰，殊有铣溪虬户体，此其赘云”。自注：“唐徐彦伯为文，多变易求新，以‘凤阁’为‘鹍阁’，以‘龙门’为‘虬户’，以‘金谷’为‘铣溪’云云。后进效之，谓之涩体。语见《朝野佥载》。”按《阙史》中每称中书舍人为“紫微”，给事中为“夕拜”，称河中少尹郑复礼为“蒲亚”，昭义军从事带御史衔者韦某为“潞豸”，晦涩难明，均是此种笔法。《太平广记》引此书二十八条，与今本文字相差很大，或以其文字与他书不合，大加改削之故。

本事诗

【书名及异称】

"本事"意即原来的事实,语出《汉书·艺文志》。孔子口授《春秋》大事,"丘明恐弟子各安其意,以失其真,故论本事而作传,明夫子不以空言说经也"。"本事诗",即言诗之本事,介绍一些诗篇产生时之事实。《孟子·万章下》曰:"颂其诗,读其书,不知其人可乎?是以论其世也,是尚友也。"为此后代书目都把这类著作归入诗文评类。

【著录与版本】

《新唐书·艺文志》著录孟啓《本事诗》一卷,入"总集类"。《崇文总目》《郡斋读书志》《直斋书录解题》《宋史·艺文志》入"总集类",《通志·艺文略》入"诗总集类",《四库全书总目》入"诗文评类",均作一卷。《直斋书录解题》作十卷,四库馆臣已明其误。此书传世的本子很多,而以《顾氏文房小说》本与《津逮秘书》本为善。1957 年古典文学出版社据《历代诗话续编》本排印,以《津逮秘书》本对校,列入《中国文学参考资料小丛书》。日本学者内山知也有《本事诗校勘记》[1],台湾地

[1] 载日本大东文化大学文学部《文学纪要》第八号,1970 年 2 月。又内山知也撰《隋唐小说研究》,第五章《晚唐小说论》,第二节为"孟棨と'本事诗'について",第三节即《本事诗校勘记》,木耳社 1981 年版。

区学者王梦鸥有《本事诗校补考释》[1]，后者更为精详。

传世各本均作四十一则。《太平广记》引文二十八则，内卷二七五《李锜婢》一则不见今本，可见今本已有残佚。此外尚有九则见于今本，而《广记》注明出于他书，可见《本事诗》中的材料实从其他书中采入。《类说》卷五一引文三十七则，《绀珠集》卷九引文十七则。以《类说》引文与《太平广记》引文比勘，有六则不见后书。宋代后出之书亦大量引用《本事诗》中故事，如《诗话总龟》引《古今诗话》即达三十九则。王梦鸥综合考辨所得，以为《本事诗》中文字可达四十八则。又《诗话总龟》卷二一引白傅《柳诗》二首，下注："《唐宋诗》云罗隐作。《续本事诗》。"此事亦见《本事诗》中《事感》部分。按罗隐曾作《续本事诗》，故王氏疑今本《本事诗》内已羼入罗隐《续本事诗》中文字。又《直斋书录解题》卷二二"文史类"录《续广本事诗》五卷，"聂奉先撰。虽曰广孟启之旧，其实集诗话耳。"《说郛》(宛委山堂本)卷八十有聂奉先《续本事诗》一种，说明《本事诗》之影响颇深远。

【内容之分析】

作者孟启，《崇文总目》《通志・艺文略》等许多书目及传世的一些本子上记作"孟棨"。《郡斋读书志》"总集类"著录《续本事诗》二卷，"右伪吴处常子撰，未详其人。自有序云：'比览孟初中《本事诗》，辄搜箧中所有，依前题七章类而编之。'然皆唐人诗也"。疑"吴"下夺一"越"字，处常子或即罗隐。据此可知《本事诗》自序中自言"七题"，即情感、事感、高逸、怨愤、征异，征咎、嘲戏，原本如此。《本事诗》作者字初中，则其名当以"启"字为是。

---

① 载《唐人小说研究》三集，台湾艺文图书馆 1974 年版。

孟启生平不详。二十世纪、二十一世纪之交，洛阳附近出土孟启家族墓志六方，中有孟启自撰者两方。知为平昌安丘人，约生于元和末。《孟启妻李琡墓志》中云："余老而未达"，可知孟启于乾符二年(875)进士及第后，末岁始任郎官。[①]《本事诗序》末云："时光启二年(886)十一月，大驾在褒中，前尚书司勋郎中赐紫金鱼袋孟启序。"说明此书作于僖宗出幸兴元前后。书中所载，多为描述男女乱离、文人坎坷之故事。《序》称："其间触事兴咏，尤所钟情。不有发挥，孰明厥旨?"盖孟启身处唐末衰乱之世，故尤钟情于这类题材。

书中材料，大都引自前人著作，尤以出自《隋唐嘉话》《朝野佥载》《明皇杂录》《大唐新语》《云溪友议》等书中者为多。除乐昌公主、宋武帝两条为六朝之事外，其他都是唐人故事。一些首见此书的佳话，如张祜与白居易的相互嘲弄，崔护的"人面桃花"之句，历来脍炙人口。又如叙李白故事，实为编辑《松窗杂录》等文而成，然叙"其论诗云：'梁陈已来，艳薄斯极。沈休文又尚以声律，将复古道，非我而谁欤?'"对后世影响甚大，而不知引自何书? 颇堪寻味。

有些故事，则是作者概括前人诗序而成。因为诗人每于作品之前撰序以明原委，孟启乃据诗序而铺叙成本事。如《事感》中记刘禹锡赠看花诸君子诗与再游玄都观事，即是概括刘氏前诗之诗题与后诗之诗序而成。[②]《征异》中叙轩辕弥明作诗事，乃改写《韩昌黎文集》卷二一《石鼎联句诗序》中文字而成。又如同题中的许浑尝梦登山见仙人饮酒，随而作诗，似乎也是概括许浑《丁卯集》中的《记梦》及序而成，实则

---

① 乔栋《新获唐代孟氏墓志浅释——兼谈孟氏地望与茔地》，载洛阳市文物局《耕耘论丛》第二辑，科学出版社 2003 年版。

② 参看孙永如《〈本事诗〉考论》，载黄永年主编《古代文献研究集林》第三集，陕西师范大学出版社 1995 年版。胡可先、童晓刚《〈本事诗〉新考》，载《中国典籍与文化》2004 年第 1 期(总第 48 期)。

情况甚为复杂，非深考无以明其真相。

许浑诗《序》曰：

> 余尝梦登山，有宫室凌云，人云此昆仑也。见数人，方欲招之，至暮而罢，因赋是诗以纪焉。“晓入瑶台露气清，座中唯有许飞琼。尘心未尽俗缘在，十里下山空月明。”

按此逸闻原出卢肇《逸史》。《逸史》今佚，而《太平广记》卷六七《吴清妻》条具载此事，唯主角作许瀍。《本事诗》中的故事，看来就是改写《逸史》而成的，或许许瀍名不见经传，所以将主角改成了许浑，《唐诗纪事》卷五六《许浑》中记入此事，《唐才子传》卷七许浑传中也已采入，诗的作者也就像是确凿无疑了。《类说》卷二七引《逸史》与陈鹄《西塘集耆旧续闻》卷二引《唐逸史》，则又写作许澶，澶、瀍同音，孰为正字已难确说。由上可见，此事由《逸史》而转移到《本事诗》，由许瀍而转变为许浑，由神仙故事而转化为诗序，历经曲折而难以清理。今以此类情事乃笔记小说中的常见现象，故缕陈如上。①

有的故事，则作者明言得之传闻。如韩翃与柳氏悲欢离合的传奇小说，亦即著名的《章台柳》诗本事。孟启于《情感》文末曰：“开成中，余罢梧州，有大梁夙将赵唯为岭外刺史，年将九十矣，耳目不衰。过梧州，言大梁往事，述之可听，云此皆目击之，故因录于此也。”虽然孟启写作此文的年代晚于许尧佐的《柳氏传》，但他亲自为目击者作了记录，也就有其可贵之处。

有的故事，尽管历代相传，似属可信，如《征异》中叙宋之问于灵隐

---

① 参看程毅中《唐代小说史话》第六章《唐代中期的小说集》，文化艺术出版社 1990 年版。

寺遇骆宾王，且为续“楼观沧海日，门听浙江潮”句，《唐才子传》即移入骆宾王传中。实则宋之问外贬时已年老，不能称少年；骆、宋二人本就熟识，故无发生此事之可能。这类仅以情节动人而并不真实的记载，只能说是唐末风行的传奇体的创作了。

剧谈录

【书名及异称】

《剧谈录》卷上有《浑令公李西平爇朱泚云梯》一文，后附桑道茂求李晟日后援救一段，《新编分门古今类事》卷十一引《道茂请判》，文字类同，注出《剧谈闲话录》。这当是宋代书贾编造之异名，而“剧谈”之语义益明。盖“剧谈”为唐时俗语，韦绚《刘公嘉话录序》言刘氏“解释经史之暇，偶及国朝文人剧谈……”“剧谈”犹言快谈也。

《遂初堂书目》“小说类”有《剧谈论》一种，不知是否即此书。

【著录与版本】

此书古今书目均入“小说家”或“小说家类”，卷数不一。《新唐书·艺文志》《通志·艺文略》《郡斋读书志》作三卷，《崇文总目》《宋史·艺文志》作二卷。《四库全书总目》亦作二卷，入“小说家·异闻类”。清钱曾《也是园书目》《述古堂书目》有三卷钞本；陈揆《稽瑞楼书目》有三卷旧刻本；孙从添《上善堂宋元板精钞旧钞书目》有元板三卷本，照宋本校，叶石君藏本；陆心源《皕宋楼藏书志》有明覆宋本三卷，傅增湘《双鉴楼善本书目》有明翻宋本三卷，诸本大体均已佚去，存者亦未易见，明清藏书家所著录之二卷本，如《红雨楼书目》《文瑞楼藏书目录》中所载者，今亦不知存否？今存二卷本，有台湾“中央图书馆”藏明刊十行本。又高承埏《稽古堂丛刻》本，存康氏自序；后有《津逮秘书》本，即据毛晋汲古阁藏本刻出。《汲古阁校刻书目》第九集即有《剧谈录》二卷，七十三叶。刘世珩刻《贵池先哲遗书》，所收之《剧谈录》亦以汲古阁本为底本，校以《太平广记》等书，并假缪荃孙所藏稽古堂本补入自序，并辑佚文四条，世称善本。1958 年古典文学出版社即据之排印。今按《唐语林》中曾纳入《剧谈录》文多篇，刘氏没有注意采用《唐语林》来进行校勘，以致有些可确定为康氏原文的，反而根据《太平广记》引文加以改动；有些遗佚的文字，可据《唐语林》补入者，亦未添补，故此本实难称为完善，尚可进一步进行整理。

《四库全书总目》将此书列入"小说家・异闻类"，表示其性质有异于一般笔记小说。又提要中云"此本末有临安府陈道人书籍铺刊行字，盖犹影钞宋本"，可见这书也可以说是一种善本。

【内容之分析】

《新唐书・艺文志》"小说家类"著录康軿《剧谈录》三卷，注："字驾言，乾符进士第。"《郡斋读书志》袁州本作唐軿，衢州本作康骈，然《崇文总目》《通志・艺文略》均作康軿，《资治通鉴考异》引文亦作康軿，当以"軿"字为是。《宋史・艺文志》集部内有康軿《九笔杂编》十五卷，亦作"軿"字。徐松《登科记考》卷二三据《永乐大典》引《池州府志》，言康軿为乾符五年进士，六年中博学宏词科。《新唐书・田頵传》曰："頵善遇士，若杨夔、康軿、夏侯淑、殷文圭、王希羽等皆为上客。"《唐诗纪事》卷六八《殷文圭》条亦有相同之记载。康軿于《序》中称避黄巢之乱，遂归故里，"景福、乾宁之际，耦耕于池阳山中"，"耘耨之馀，粗成前志"，末署乾宁二年(895)建巳月，而署其时官衔为"将仕郎崇文馆校书郎"，此当为在长安应试后所任之职。《序》言："其间退黜羁寓，旅乎秦甸洛师，新见异闻，常思纪述。或得史官残事，聚于竹素之间，进趋不遑，未暇编缀。”可知书中材料，或为“新见异闻”，或为“史官残事”，故有类似新起之传奇故事者，或有类似杂史传记者，读者自可分别观之。

今本共计四十二条，卷上二十条，卷下二十二条，康氏《序》中自称“分为二编”，则原本似分二卷。《太平广记》引文三十三条，今本不见于《广记》者有十三条，《广记》所引不见今本者有四条，则是今传二卷本或为残本。《类说》与《绀珠集》之引文各九条，则均见今本。

书中如《刘平见安禄山魑魅》《郭觊见穷鬼》等文，虽有波澜情节，而内容殊不足称。《潘将军失珠》《田膨郎偷玉枕》等文，记侠客绝伎，使文宗与潘将军所失宝物失而复得，为侠义传奇中的名篇。又如《说方士》《狄惟谦请雨》等文，叙社会上骗术扰民之严重，反映唐代社会上之弊端。《慈恩寺牡丹》《玉蕊院真人降》等文，可见唐人赏花风气之盛。而如《刘相宅》《李相国宅》等文，描述达官之居处，可见中晚唐时官僚之生活竞趋豪奢享乐，诸如此类均有其参考价值。

唐武宗有宠姬王贵妃，殁后身殉，蔡京为撰《王贵妃传》，《资治通鉴考异》会昌六年“八月，赠王才人贵妃随葬端陵”下，引蔡京此传，又引康骈《剧谈录》中《孟才人善歌》一文，末云“此事恐正是王才人，传闻不同”。可见《剧谈录》中之记载每得之传闻，然可起广异闻的作用。

又《资治通鉴考异》卷十八建中四年“十一月，贼造云梯高广各数丈”，司马光不用《剧谈录》中记载而从《实录》，当以康骈所记不尽可据之故。

《元相国谒李贺》一条，古今聚讼最多，朱自清《李贺年谱》曰：“按元稹明经擢第，贺才四岁。事之不实，无庸详辩。”①而近人以为谈氏

① 朱自清系此事于“元和五年庚寅(810)，二十一岁”下。《李贺年谱》原收入《文学论著》，今据《朱自清全集》第八卷，江苏教育出版社1993年版。

初刻本《太平广记》卷二六五引《剧谈录》，作“元稹年少，以明经擢第一”①，以为此说实可通，然言“稹为礼部郎中”则误。由此可知，后说虽有其根据，然仍有记载不实之处，此等故事，视作反映唐代社会风气之资料可也。

《剧谈录》卷下有《广谪仙怨词》一篇，下注“台州刺史窦弘馀撰”，盖前面文字均出窦撰，康骈仅附一诗于后而已。《资治通鉴考异》卷十四肃宗至德元载六月“壬寅，上至散关，使颖王璬先行”下，司马光引此文，下“按：玄宗入蜀，不自骆谷，康骈误也”。亦可觇知康氏之不善考史。

康氏于《元相国谒李贺》正文之后，又附一段文字，叙大中、咸通之后，以文章、词赋、律诗、古风擅名者，“皆苦心文华，厄于一第”。其中寓有对唐末科举之不满。此处记载可供治科举史者参考。康骈于文后偶附评语，则无甚可观。

---

① 见《太平广记》汪绍楹校本卷二六五《李贺》一则附录，见人民文学出版社1959年第1版，中华书局1961年新1版。

异闻集

【书名及异称】

此书早已失传，而小说总集、类书及诗文注释中引及的还不少。《太平广记》等书中引用时有称《异闻录》者，只是有些标名《异闻录》的文字，如《类说》卷十九中所收的《异闻录》，又是《纂异记》中之文。《说郛》宛委山堂本卷一一七转录《类说》五条，又更名曰《异闻实录》。这些都与《异闻集》无关，引用时需作辨析。《遂初堂书目》“小说类”中有《异闻集传》，则当是《异闻集》之异称。

【著录与版本】

《新唐书·艺文志》“小说家类”著录陈翰《异闻集》十卷，原注：“唐末屯田员外郎。”《郎官石柱题名》金部员外郎中有陈翰，次于冯缄与于德晦之间。岑仲勉《郎官石柱题名新考订》曰：“依题名顺序，应大中初所官，劳（格）征《韩允中碑》乾符元年库部员外陈翰，相隔廿许年而犹栖迟于员外郎之阶，事颇可疑，如非偶同姓名，即应有别因也。”①按劳格于《郎官石柱题名考》中引石刻纥干濬《赠太尉韩允忠神道碑》，记乾符元年十一月事，时值僖宗即位之初，陈翰时任库部员外郎，与上述

① 载《郎官石柱题名新考订（外三种）》第 110、111 页，上海古籍出版社 1984 年版。

《新唐书》所说"唐末屯田员外郎"说相合,为陈翰前后所任之两种官职,而任金部员外之陈翰当系另一人。

《崇文总目》《郡斋读书志》《直斋书录解题》《宋史·艺文志》等书目均入"小说类""小说家类",尚存十卷。后书云作者为陈输,当系笔误。明高儒《百川书志》卷八"小说家"载一卷本,云"今止二十三事,亦不著撰人",可知其残佚已甚。王梦鸥撰《〈异闻集〉校补考释》,自《太平广记》《绀珠集》《类说》等书中辑得遗文四十一篇①,程毅中撰《〈异闻集〉考》,辑得四十三篇。② 王国良、李剑国等续有所得。《直斋书录解题》中曰:"翰,唐末人,而第七卷所载王魁乃本朝事,当是后人剿入之耳。"则是宋时此书已有窜乱。

【内容之分析】

《异闻集》是唐末出现的一部水平很高的传奇总集。晁公武说"以传记所载唐朝奇怪事类为一书"。其中著录的一些著名传奇保存在《太平广记》等书中。这类文字大都保留作者名字,可知陈翰此书并非个人创作,而是选录唐代著名传奇的一部总集。

目下人们熟知的一些唐人传奇,如柳珵《上清传》,王度《古镜记》,沈既济《枕中记》,许尧佐《柳氏传》,白行简《李娃传》,李朝威《柳毅传》,蒋防《霍小玉传》,陈玄祐《离魂记》,元稹《莺莺传》(原题《传奇》),李公佐《南柯太守传》,李公佐《谢小娥传》,李景亮《李章武传》(一作《碧玉槲叶》),牛僧孺《周秦行记》(作者当是韦瓘),沈亚之《湘中怨》,

---

① 收入《唐人小说研究》三集,台湾艺文图书馆1974年版。

② 原载《文史》第七辑,中华书局1979年版;后收入《古小说简目》,略有增订。

沈既济《任氏传》，沈亚之《秦梦记》，李公佐《庐江冯媪》等，都曾编入《异闻集》。《虬髯客传》一文，向有单行本传世，但陈翰应当也曾编入《集》中。《唐语林》卷五录有此文，记虬须客事。与《太平广记》等书中之引文比较，似为早期流传之本。按《唐语林原序目》中所录五十种小说，仅有四十八种名字，《四库全书》馆臣以为所佚二书为《虬髯客传》与《封氏闻见记》。然王谠采录之书，大都为杂史、小说类著作，没有采录单篇传奇的例子。此书《原序目》内有《异闻集》一书，《虬须客传》之性质与上述各文相近，当为陈翰所采择，从而为王谠所转录。由此还可推知，《唐语林》卷五中之《虬须客传》应当保留着唐末传写时的面貌。

《永乐大典》卷之二千九百七十二《人·才人》引《唐语林》，叙武宗王才人殉葬事。《资治通鉴考异》卷二二武宗会昌六年“八月，赠王才人贵妃，随葬端陵”下，引蔡京《王贵妃传》叙武宗疾亟后事，正是《唐语林》中王才人故事后面的部分，可知《永乐大典》所保存的这一篇《唐语林》中文字，正是《王贵妃传》的全文。这一情况，与《虬须客传》类同，当是王谠从《异闻集》中所引入者。由此可证《异闻集》中原来还收录有蔡京《王贵妃传》。

《异闻集》中的这些传奇，原来大都曾经单篇传世，如《庐江冯媪传》，见《遂初堂书目》“杂传类”，只是今人所看到的这些传奇，是否保留原作面貌，尚需考索。按《太平广记》中收入《异闻集》的文字甚多，且首尾完整，非《类说》《绀珠集》或其他类书中斩头截尾之文字可比。但《太平广记》收入的文章，编者为统一体例，时而有所改动，即如《上清传》一文，《唐语林》卷六收入者，当从《常侍言旨》转录，王谠喜改动文字，故此文亦与原作有所不同。《太平广记》卷二七五引《异闻集》中题作《上清》之文，又见于《资治通鉴考异》卷十九德宗贞元八年四月“贬窦参为郴州别驾”下，两相比较，可知《太平广记》中的引文大体说来还保留着原貌，但《考异》中所引的柳理《上清传》，称窦参为“窦公”，《太平广记》中则直呼其名；又德宗询问窦参之事和上清垂泪以对时，均称“窦某”，《太平广记》则一律称作“窦参”。揆之当时情事，可知《资治通鉴》中的引文保留着这些单行传世的传奇的原貌。《文苑英华》等总集中所收入的各篇，均可作如是观。

这些传奇，属于文学作品，当然不能据以考史，但也应该看到，这些传奇的产生，有其复杂的政治背景，故近人每用作研究唐代社会、文化与政治事件之背景材料。又如李公佐的《谢小娥传》，宋祁写入《新唐书·列女传》，以《段居贞妻谢》为题。司马光据蔡京《王贵妃传》，写入《资治通鉴》。可见这一类文字中的若干篇章有其真实性。由此可知，后人对于《异闻集》中文字，可以根据不同情况采用各种不同角度予以阅览和利用。

据王梦鸥考证，陈翰尝为辑入《异闻集》中之文字作注释，或改窜文字，使之近俗易行。研究唐传奇者，不可不注意及此。①

---

① 收入《唐人小说研究》三集，台湾艺文图书馆 1974 年版。

抒情诗

【书名及异称】

《太平广记》等书引此，时而写成《抒情集》。《诗话总龟》引此书，有时写成《卢瓌抒情》，有时写成《唐贤抒情》。

【著录与版本】

《新唐书·艺文志》著录卢瓌《抒情诗》二卷，入“总集类”。《崇文总目》《宋史·艺文志》同，均作二卷。《通志·艺文略》入“诗总集类”。《遂初堂书目》则入“小说类”。又《宋史·艺文志》著录，作者为卢環，《太平广记》卷二七三《曹生》条，原注“出卢懷《抒情集》”，環、懷均为“瓌”字之形讹。原书已佚，《太平广记》引文共十九条，《诗话总龟》引文共十八条，然后者卷六与卷三九均记曹唐、罗隐相嘲弄事，文字小异，实为一条；卷四五记江邻几诗，乃宋人之作，当系误入，故实存十六条。二书文字颇有出入，而《诗话总龟》中有的条目，如卷一《讽谕门》五条中，于澬、罗邺、卢钰三人之诗，即不见于《太平广记》，故亦不能忽视。

【内容之分析】

作者卢瓌，生平不详。文中屡言唐僖宗时事，当为唐末人。按“抒情”一词，出于《楚辞·惜诵》：“惜诵以致愍兮，发愤以抒情。”此书以此命名，表明著作宗旨，实为记载唐人吟咏故事之专集，与《本事诗》之性质为近。胡应麟《少室山房笔丛·九流绪论下》谓此类书“如孟棨《本事》，卢瓌《抒情》，例以诗话文评，附见集类，究其体制，实小说者流也”。然《抒情诗》文字过于简短，缺乏情节描写，比之《本事诗》，更为质朴；比之《云溪友议》，更显得呆板而缺乏情致。有些文字，如《太平广记》卷二七九《韦检》条，叙其与鬼妻唱和事，或系作者自编之故事，唐人每见这类文字，如陈劭《通幽记》引《唐晅手记》（《太平广记》卷三三二引），佚名《闻奇录》叙苏检与亡妻唱和（《太平广记》卷二七九引）等，大都为作者表露个人之诗才而编撰。但有的文字，如《太平广记》卷一九九《唐宣宗》条，叙魏謩和宣宗诗得嘉赏事，则真实可信，故为《唐诗纪事》引入卷五三中。总的说来，《抒情诗》中保留了一些中晚唐诗人的轶闻与诗歌，可供参考。

除上述《唐宣宗》一条外，《太平广记》所引而标题为《李翱女》《狄归昌》《卢肇》《张睽妻》《武昌妓》《薛宜僚》等篇，计有功也都引入《唐诗纪事》，李翱女事入《纪事》卷五二《卢储》，狄归昌事入卷七一《狄归昌》，卢肇事入卷六六《王镣》，张睽妻事入卷七八《侯氏》，武昌妓事入卷五八《韦蟾》，薛宜僚事入卷四八《薛宜僚》，其中唯《侯氏》一条下注“出《抒情诗》”，馀虽不注出处，然文字一致，不难辨识。

岚斋集

【书名及异称】

此书无异称。《唐语林原序目》中有《齐集》一书，古今书目从无记载，细核《唐语林》中文字，有出自《岚斋集》者，乃知《原序目》中之“齐集”乃“岚斋集”之误。盖“岚”字偶夺，“斋”“齐”形近而讹，故有《齐集》之说。

【著录与版本】

《新唐书・艺文志》“小说家类”著录李跃《岚斋集》二十五卷，《通志・艺文略》入“小说类”，作二十五卷；《遂初堂书目》亦入“小说类”，不著卷数。《宋史・艺文志》入“传记类”，已仅存一卷，之后即不见记载。存世仅见者，《侯鲭录》卷八引文一条，即“大中二年，李卫公谪广州……”，《唐语林》卷七亦引；《姬侍类偶》引文一条，即“武翊黄惑于媵婢……”，《南部新书》卷己、《唐语林》卷六亦引；《吴郡志》卷十二引文一条，即“唐郑浑之咸通末为苏州督邮……”，《南部新书》卷己、《唐语林》卷四《企羡》亦引；《邵氏闻见后录》卷十七引文一条，即“唐人知贡举者有诗云……”；《全芳备祖》前集卷十九“花部・木兰花”引文一条，即“陆龟蒙醉赋……”，《吴郡志》卷六、《西溪丛话》卷上、《舆地记胜》卷五、《古今合璧事类备要》别集卷三诸书均引。《岚斋集》原为二十五卷，今则仅残存上述五条矣。

【内容之分析】

从《岚斋集》残存于世的文字来看，记录之事集中于晚唐时，内容甚为广泛，如叙李吉甫一房之凌替，可见牛、李党争对于赵郡李氏打击之严重。今引《唐语林》卷四所转录之文如下：

> 咸通末，郑浑之为苏州录事，谈铢为鹾院官，钟辐为院巡，俱广文。时湖州牧李超、赵蒙相次俱状元。二郡地土相接，时为语曰："湖接两头，苏连三尾。"

《唐诗纪事》卷五六《谭铢》亦载此事。按《南部新书》记郑浑之为苏州督邮，《唐诗纪事》则误作"都邮"，又《唐诗纪事》记谈铢为谭铢。各书引《岚斋集》时文字多歧异，说明此书或仅有钞本传世，故易残佚，且易误夺。

唐摭言

【书名及异称】

此书原名《摭言》，后人为示著作年代，加上“唐”字，遂称《唐摭言》。

【著录与版本】

《郡斋读书志》“小说类”著录《摭言》十五卷，“右唐王定保撰。分六十三门，记唐朝进士应举登科杂事”。《崇文总目》《通志·艺文略》《直斋书录解题》《宋史·艺文志》《四库全书总目》均同，唯后者入“小说家·杂事类”。《上善堂宋元板精钞旧钞书目》“旧钞”中有《摭言》十五卷，上有孙岫藏印。传世有《稗海》本，内有删节。清代有《雅雨堂丛书》本、《学津讨原》本，均十五卷，文字较全。1957年古典文学出版社据《雅雨堂丛书》本排印，列入《中国文学参考资料小丛书》，后中华书局上海编辑所与上海古籍出版社又重印。此本后附蒋光煦《斠补隅录》中之《唐摭言校勘记》，可以参看。

【内容之分析】

作者王定保，生平不详，吴任臣《十国春秋》卷六二有传，唯甚简略。《四库全书总目》中有所考证，然多错误，如将唐代之王溥误为宋初达官之王溥等。自钱大昕《十驾斋养新录》卷十二《王定保》、刘毓崧

《通义堂集》卷十二《唐摭言跋》三篇、余嘉锡《四库提要辨证》卷十七《唐摭言》、岑仲勉《跋〈唐摭言〉》[①]以及王素、李方《〈唐摭言〉作者王定保事迹辨正》[②]等文出来后，其历史已大体可知。知生于唐懿宗咸通十一年(870)，死于南汉刘龑大有十三年(940)。书前署称“唐光化进士琅玡王定保撰”，琅玡乃指郡望，本人则生长在南昌(今江西南昌)，故书中多言江西事。王定保于光化三年(900)进士及第，后为容管巡官。唐末世乱，不能北返，乃至湖南依马殷，又至广州事刘隐，后事其弟南汉主刘龑，晚年由宁远节度使入为中书侍郎同平章事。此书之成，当在后梁贞明二、三年(916、917)之间。其时唐亡已及十载，然仍惓惓有故国之思。故后代之书，如《郡斋读书志》等，仍归之为唐人。书中详记唐代的科举制度，保存了不少骚人墨客、文坛风习的珍贵资料。王氏自述闻之于陆扆、吴融、李渥、颜荛、王溥、王涣、卢延让、杨赞图、崔籍若等，而据《直斋书录解题》中之说，王氏亦即吴融之婿。李慈铭《越缦堂读书记》卷八曰：“唐人《登科记》等尽佚，仅存此书，故为考科名者所不可少。”唐代人物大都经由科举跻身上层，此书又为记述唐代科举制度的唯一专著，于此可见其价值之重要。

全书今分一百零五门，亦即分一百零五个题目分述科举中的有关事项。有的题目为综合介绍，如《述进士》上、下篇等；有的则为专题介绍，如《两都贡举》《关试》等；有的则为故实的归类介绍，如《切磋》类中，除有关事例外，还录载了好多文人间来往的书信。总的说来，前三卷综合介绍科举制度与掌故，其他各卷则按类记叙科举活动中的士人言行。其他笔记小说中偶或亦有这类记叙，但均不如此书之详备和有系统。

---

① 岑仲勉《跋〈唐摭言〉》(学津本)，原载《历史语言研究所集刊》第九本，1947 年；后收入《岑仲勉史学论文集》，上海古籍出版社 1990 年版。

② 载《文史》第二十五辑，中华书局 1985 年 10 月版。

此书取材，有唐实录、诏敕奏疏、唐格文，以及《国史补》等笔记小说，故可信的程度甚高。有的文坛佚事，则得之传闻，或是改写前时典籍而成。例如卷十《海叙不遇》中叙张倬称《登科记》为“千佛名经”，出于《封氏闻见记》卷三《贡举》；卷三《慈恩寺题名游赏赋咏杂记》中叙萧颖士恃才傲物事，见《明皇杂录》卷上。因为《唐摭言》中所叙之事以出于中晚唐者为多，故传闻的故事不少，有的就难免有失实之处，引用时还得慎加考辨。

中朝故事

【书名及异称】

《四库全书总目》入“小说家·杂事类”，乃据浙江鲍士恭家进呈之本著录。提要曰：“南唐尉迟偓撰。偓履贯未详。书首旧题‘朝议郎守给事中修国史骁骑赐紫金鱼袋臣尉迟偓奉旨纂进’。盖李氏有国时偓为史官，承命所作。李昪自以为出太宗之后，承唐统绪，故称长安为‘中朝’也。”又本书之名“故事”，非叙前代典故之谓，仅言长安旧事而已。

【著录与版本】

《郡斋读书志》（袁州本）著录于“杂史类”，作二卷，云“记懿、昭、哀三朝故事，故曰‘中朝’”。《直斋书录解题》入“传记类”，《宋史·艺文志》入“故事类”，均云二卷，《崇文总目》《通志》并入“杂史类”，则云作三卷。《四库全书总目》作二卷。《遂初堂书目》入“杂传类”，不著卷数。

明代有《历代小史》本等多种，徐乃昌据影宋钞本影刻，故此《随盦徐氏丛书》本最得好评。1958 年中华书局上海编辑所据之排印，列入《中国文学参考资料小丛书》，唯已合为一卷。

【内容之分析】

郑樵《通志·艺文略》于“杂史类”此书名下注曰：“伪唐尉迟枢撰，

记宣、懿、昭三宗事。”“枢”乃“偓”之讹，此处盖袭《崇文总目》之误。《通志》此说与前晁公武言叙三宗事有异，《四库全书总目》提要即合称之曰“记唐宣、懿、昭、哀四朝旧闻”。

《提要》又云：“上卷多君臣事迹及朝廷制度，下卷则杂录神异怪幻之事。”今一卷本中前后之排列情况仍然如此。大抵叙君臣事迹与朝廷制度者可信之成分多，叙神异怪幻之事则仅可供参考而已。

是书虽篇幅无多，而足资参证之处不少。帝王事迹，如记昭宗为宦官所逼，作《菩萨蛮》词二首以抒怀，已成文学史上之重要记载。全书首记宣宗佚事，《资治通鉴考异》卷二二会昌六年“上不礼光王怡”下尝斥之为“鄙妄无稽”，然宣宗之事迹至为复杂，不易搞清，《中朝故事》中之记载也只是其中的一种异说而已。

王凝与崔彦昭为外表兄弟，王凝先登进士第，劝彦昭应明经举以戏之，可见唐代重进士轻明经之风气。又记“每岁上巳日，许宫女于兴庆宫内大同殿前与骨肉相见，纵其问讯，家眷更相问遗。一日之内，人有千万。有初到亲戚便相见者，有及暮而呼唤姓第不至者，涕泣而入。岁岁如此”。可见平民子女征召入宫者之可怜处境。又言镇州王家儿名王酒胡者，巨有财物，纳钱三十万贯，助修朱雀门。懿宗诏重修安国寺，曰“有人能舍钱一千贯者，却打一槌”。王酒胡半醉，径上钟楼连打一百下，便于西市运钱十万贯入寺，可知唐代社会上富有资财者之豪奢。

《中朝故事》中尚有一些记载，介绍官场情况，甚有参考价值，如云“京兆尹有生杀之柄，然而清要之官多轻薄之”。唐代常有朝官与京兆尹发生冲突之事，如夏侯孜之凌辱崔郢，观此益明。又记“缙绅子弟皆怯于尚公主。盖以帝戚强盛，公主自置群僚，以至庄宅库舆尽多主吏，宅中各有院落，聚会不同。公主多亲戚聚宴，或出盘游，驸马不得与之相见，凡出入间婢仆不敢顾盼。公主则恣行所为，往往数朝不一相见”。此事之著称者，如郑颢因尚主而与白敏中为仇，由此可得解释。

书中记载，“每岁樱桃熟时，两军各择日排宴祗候行幸，谓之行从，盛陈歌乐以上。尽日倡优百戏，水陆无不具陈，在处堆积樱桃以充看玩也。”“中书政事堂后有五房，堂后官共十五人，每岁都酿醵钱十五万贯，秋间于坊曲税四区大宅，鳞次相列，取便修装，遍栽花药。全牡丹开日，请四相到其中，并家人亲戚，日迎达官，至暮娱乐，教坊声妓无不来者，恩赐酒食亦无虚日。中官驱高车大马而至，以取金帛优赏，花落而罢。”唐人喜爱樱桃、牡丹，屡见记载，观上二文更可见到唐末风俗之奢靡与官僚队伍之腐朽。

金华子

【书名及异称】

《郡斋读书志》(衢州本)"小说类"著录《金华子》三卷,提要云:"右唐刘崇远撰。金华子,崇远自号,盖慕黄初平为人也。录唐大中后事。一本题曰《刘氏杂编》。"《宋史·艺文志》"小说家类"即作《金华子杂编》三卷,何薳《春渚纪闻》卷七引此书时又称《金华子杂说》。《直斋书录解题》"小说家类"著录《金华子新编》三卷,云"大理司直刘崇远撰。五代时人,记大中以后杂事"。有的类书征引时即作《刘氏新编》。

按此书前有自序,言"少慕赤松子兄弟能释羁鞅于放牧间。读其书,想其人,恍若游于金华之境,因自号焉"。书名即取义于此。《云笈七签》卷二七言"在名山之中,三十六小洞天,亦上仙所统治之处也"。第三十六金华山洞,名曰金华洞元天,在婺州金华县属,为赤松子得道之处。《太平御览》卷六九引《水经》曰:"赤松子游金华山,以火自烧而化,故山上有赤松子之祠。"按皇初平于金华山叱石成羊,见《太平广记》卷七引葛洪《神仙传》。

【著录与版本】

《崇文总目》"传记类"著录刘崇远《金华子杂编》三卷。《通志·艺文略》"杂史类"有《金华子杂编》三卷,云"伪唐刘荣远记大中、咸通后事"。"荣"乃"崇"字之误。《国史经籍志》卷三"杂史"袭其误而不察。

明《文渊阁书目》、《秘阁书目》"子杂"有刘崇远《金华新编》三册，中佚"子"字。可知此书明代尚存，然其后即不见记载。《四库全书》馆臣从《永乐大典》中辑出，分为上下二卷，入"小说家·杂事类"。后出之《读画斋丛书》本、《反约编丛书》本、《榕园丛书》本，均从《四库全书》本刻出。然《四库全书》馆臣工作草率，即如《永乐大典》卷之一万一千零一《府·恩府》引《金华子杂编》一条，即《唐语林》卷二记马戴自痛不得尽忠于故府之事，首尾完整，《四库全书》馆臣仅节引至"而动天下之浮议"一句，后出各本因之亦残缺不全。何薳《春渚纪闻》卷七引《金华子杂说》中《冬瓜堰诗误》一条叙张祜事，与今本卷下文字相较，亦可证今本已有残缺。《读画斋丛书》本刻入周广业之校注，虽未见其精博，然有助于阅读。周广业，字勤补，别字耕厓，海宁人，《清史列传》卷六八有传，吴骞《愚谷文存》卷十《周耕厓孝廉传》介绍颇详。周氏于书后补文四条，附文一条。比之前时各书，《读画斋丛书》本已最称详备，1958年中华书局上海编辑所即据之排印，1988年上海古籍出版社又重印。然周氏之辑佚工作亦甚草率，仅从《绀珠集》与《说郛》等书中略事征引，而同类之书，如《类说》卷二五中录文十二条，尚有佚文两条；《说郛》张宗祥辑明钞本卷十一录文六条，亦有佚文两条，尚未补入。又周氏据《绀珠集》卷十补入李宽"面部三无"一条，《类说》亦有，而《绀珠集》《类说》等书之引文均经节录，实则《唐语林》卷七与《新编分门古今类事》卷十引《金华子》中均有完整之文字，可取之补足原文。又《唐语林》卷二王式一条，卷二马戴一条，亦可取以增补，惜其未能多所发掘。《唐语林》卷三有三条文字连着记载崔涓之事，第三条自"湖上饮饯"始，而《白孔六帖》卷一百《木瓜》《古今合璧事类备要》别集卷五三《果门》"瓜实、木瓜，禁中所无"引《唐语林》，前面还有"崔涓守杭州"一句，可知此亦《金华子》之佚文，亟应补入。一些常见之书，如《资治通鉴考异》卷二三懿宗咸通元年"九月，刘邺请赠李德裕官"下所引录之文字，亦未顾及，可见《金华子》一书有待于校补者尚多。

【内容之分析】

刘崇远事迹不详。据徐铉《稽神录·拾遗》，知为广南节度使刘崇龟从弟。黄巢起义时，避乱江南，出仕南唐，曾任文林郎、大理司直，故书之前端首先介绍“我唐烈祖高皇帝”李昪的创业。李昪虽出身行伍，然颇关心文教，且以继承李唐皇朝正统自命，故刘崇远在序中追念童时侍立长者左右，“尊年省睡，率皆话旧时经由，多至深夜不寐。始则承平事实，爰及乱离”。刘氏晚年追录，留下了许多晚唐时期的珍贵资料。

刘崇远在记录某一事件后，时而加案语，发表个人评论，如记“黄巢本王仙芝贼中判官。仙芝既死，贼众戴之为首，遂日盛。横行中原，竟陷京洛，数年方灭”。其下即续以“金华子曰：民犹水也，水能载舟，亦能覆舟。民于君也，善则归服，恶则离贰。始盗贼聚于曹濮，皆承平之蒸民也。官吏刻剥于赋敛，水旱不恤其病馁，父母妻子，求养无计。初则窥夺谷粟，以救死命。党与既成，则连衡同恶，跨山压海，东逾梁宋，南穷高广。列岳无城壁之险，重关无百二之固。蟒喙嘘天，翠华狼狈而西幸；豺牙烁日，齐民肝脑以涂地。酆镐凌夷，往而不返矣。世之清平也，搢绅之士，率多矜恃儒雅，高心世禄，靡念文武之本，群尚轻薄之风。涖官行法，何尝及治？由是大纲不维，小漏忘补，失民有素，上下相蒙。百六之运既遭，翻飞之变是作。愚家自京洛沦陷，遂河海播迁，此流寓江南之所自也”。这番评议，正是他以遗民的身份对唐末动乱之起所作出的总结，符合实际情况。

书中记宣宗时政治情况者颇多，对宣宗评价甚高。唐代自宣宗之后即一蹶不振，故眷心李唐一朝之遗民每钟情于宣宗，至卷上记有“舆论谓上为小太宗”之说。《资治通鉴》采入此说。

晚唐军阀林立，而有关记载材料不多，《金华子》中对高骈、周宝、王师范、刘鄩等人之事迹，均有所记载，可以参考。

书中对文人事迹也有很多记叙，如记段成式之博学，令狐三世掌诰命，杜牧及其子女之轶闻，李郢寄内诗有“二十五声秋点长”之句，许棠自言登第“真人世孤进之还丹”，都是文坛上的著名轶闻，不时被人引用。其中叙及科举中的一些情况，如崔(雍)郑(颢)世界，咸通之际推李都为大龙甲头等，都是研究唐代科举制度的重要材料。

刘崇远因信奉道教之故，记下了许多仙话，《金华子》卷下末尾大都是这一类文字，反映出了唐末的民间习俗。但书中有关一些世家大族门阀制度的记载，如言钑镂王家、博陵与清河崔氏以及博陵三房等，颇有参考价值。

司马光在《资治通鉴》中曾吸收《金华子》中的一些记载，但也有存疑之处，如《金华子》卷上言王式用计诛戮银刀都数千人，司马光于《考异》卷二三懿宗咸通三年“八月，王式诛银刀都”下引用此文之后，加按语曰：“若顿杀数千人，岂有人不知者。又式自浙东除武宁，非河阳也。今从《实录》。”又如前已引及之刘邺请赠李德裕官一事，《考异》引文作“宣宗尝私行经延资库”，司马光按：“宣宗素恶德裕，故始即位即逐之，岂有不知其在崖州而云‘岂合深谴’！又刘邺追雪在懿宗时。此说殊为浅陋，今不取。”然《唐语林》卷三引此文，正作“懿宗尝行经延资库”，不知此为王谠擅改，抑或司马光所用之本有误？

皮氏见闻录

【书名及异称】

作者皮光业录其见闻而成，故取此名。或作《皮光业见闻录》，或简称《皮氏见闻》，或简作《见闻录》。

【著录与版本】

《崇文总目》入“传记类”，作十三卷。《通志·艺文略》“杂史类”有《皮氏见闻录》十三卷，云：“皮光业撰，记唐乾符至五代时事。”《宋史·艺文志》入“小说家类”，亦作十三卷。《秘书省续编到四库阙书目》“小说类”作十二卷，《郡斋读书志》亦入“小说类”，唯作五卷，似宋时此书已有散佚。晁书（衢州本）提要曰：“右皮光业撰。光业，唐末为钱镠从事，记当时诡异见闻。自唐乾符四年（877）迄晋天福二年（937）。自号鹿门子。”原书久佚。宋代类书中偶有征引。

【内容之分析】

皮光业，《十国春秋》卷八六有传。尹洙《大理寺丞皮子良墓志铭》曰：“曾祖日休，避广明之难，徙籍会稽。及钱氏王其地，遂依之。官太常博士，赠礼部尚书。祖光业，佐吴越国，为其丞相。父粲，元帅府判官。归朝，历鸿胪少卿。……初，尚书以文章取重于咸通、乾符世，降及丞相、鸿胪，皆以文雄江东，三世俱有编集，总百馀卷。”由于《皮氏见闻录》散佚特甚，其内容已难细说，《资治通鉴考异》引用较多，卷二十五光启“二年正月，张郁陷常州”下，司马光引《皮光业见闻录》以纠《新纪》之失；三月“丙申，车驾至兴元”下，司马光历数诸说，后从新、旧《纪》，可知《皮光业见闻录》所记有误。又如卷二一大和九年十一月“杀生除拜皆决于两中尉”下，引《皮光业见闻录》叙两中尉召崔慎由草废文宗之诏书事，《新唐书·宦者上·仇士良传》承用，此为中唐时期之重大事件，故类书亦多转载，如《白孔六帖》卷十、《古今合璧事类备要》外集卷五一均引，然《考异》下按语曰：“《旧传》崔慎由大中初始入朝为右拾遗、员外郎，知制诰，文宗时未为翰林学士。盖崔胤欲重宦官之罪而诬之。《新传》承《皮录》之误也。”可知《皮氏见闻录》之记载，有可信者，亦有纯出编造者。

闽川名士传

【书名及异称】

顾名思义，这是一本记录今福建地区知名之士的传记。总集、类书或诗文旧注中征引时，或作《闽中名士传》，或作《闽中名仕传》《闽川名仕传》。

【著录与版本】

《新唐书·艺文志》“杂传记类”著录黄璞《闽川名士传》一卷，原注：“字绍山，大顺中进士第。”《崇文总目》《通志·艺文略》《宋史·艺文志》均入“传记类”，作一卷。《玉海》卷五八“艺文·传”著录《唐闽川名士传》：“《[中兴馆阁]书目》三卷，唐崇文馆校书郎黄璞所著也。著录凡五十有三，起神龙，讫大顺，历岁二百。上春官第者才四十有三。”《郡斋读书志》（袁州本）“传记类”著录《闽川名士传》三卷，“右唐黄璞撰。唐神龙以来闽人知名于世者，效《楚国先贤传》为之”。书名下注曰：“黄璞，一本作皇甫璞。”疑非是。《直斋书录解题》“传记类”著录《闽川名士传》一卷，“唐崇文馆校书郎黄璞。所记人物，自薛令之而下，凡五十四人”。明代书目中，《世善堂藏书目录》卷上“稗史、野记并杂记”中有《闽川名士传》三卷，“黄璞撰，记薛令之以下五十四人”。纽石溪《会稽纽氏世学楼珍藏图书目》中有《闽川名士传》旧钞本，云“唐崇文馆校书郎黄璞撰。前有宋洪迈序。此书绝少流传，不易观”。纽氏之书有的珍本已刻入《稗海》，可惜此本未收。今日阅读《闽川名士传》，仅《太平广记》录文六条，《太平御览》录文二条，《说郛》宛委山堂本卷五八录文三条，类书与诗文旧注中偶有征引而已。

【内容之分析】

黄璞，生平不详。徐松《登科记考》卷二四云黄璞为大顺二年(891)进士，以第四人及第。且引《淳熙三山志》，云"字德温，侯官人，后迁莆田。官至崇文馆校书郎，自号霖居子，有集二十卷"。

《闽川名士传》残佚特甚，然有二文为人熟知。《太平广记》卷四九四《薛令之》条，叙薛令之于开元中为东宫侍读，宫僚闲淡，以诗自悼，乃题诗于壁，有"朝日上团团，照见先生盘。盘中何所有？苜蓿长阑干"之句，《唐摭言》卷十五《闽中进士》沿用此事，传播甚广，后世因称小官清苦冷落之生活为苜蓿生涯。卷二七四《欧阳詹》条叙太原妓事，情节凄惋，与《莺莺传》类同。《欧阳詹》中包括两个部分，一是黄璞所撰述之文字，一是孟简所作之"诗序"与"诗"。据日本学者植木久行考证，黄璞传写之部分有误闻与虚构，孟简之文字则接近事实。[①] 欧阳詹为中唐名人，与韩愈等有交往，故此记载亦具文献价值。

---

① 植木久行《唐代作家新疑年录(9)——欧阳詹、郭元振、陆羽》，载日本弘前大学人文学部《文经论丛》第三一卷第三号，1996年。

北梦琐言

【书名及异称】

作者孙光宪自《序》称:“《禹贡》云‘云土梦作乂’,《传》有‘畋于江南之梦’,鄙从事于荆江之北,题曰北梦琐言。”盖江南古有云梦泽,荆江即其遗迹。孙光宪在荆南高从诲至高继冲时历任要职,故依此处地理位置而称“北梦琐言”。《序》又称“三纪收拾筐箧,爰得公退,咸取编连”。则是正式动笔已在卸去职事之后,应当是在荆南入宋之后才结撰成书。①

【著录与版本】

《崇文总目》入“传记类”,《通志·艺文略》入“杂史类”,《郡斋读书志》(袁州本)、《直斋书录解题》入“小说类”与“小说家类”,均作三十卷。《宋史·艺文志》作十二卷,入“小说家类”,著录者可能为一残本。明清书目,如《红雨楼书目》《述古堂书目》《爱日精庐藏书志》作二十卷,均入“小说类”。《四库全书总目》亦作二十卷,据清扬州刻本著录,入“小说家·杂事类”。传世各本均为二十卷,有《稗海》本,多脱误;又有《雅雨堂丛书》本、摛藻堂《四库全书荟要》本、光绪五年仁邑公局本、《云自在龛丛书》本。后者有校语,且自《太平广记》《茅亭客话》《通鉴

① 参看拜根兴《〈北梦琐言〉结集时间辨析》,载《文献》1993年第3期。

考异》等书中辑出八十馀条，编为《逸文》四卷，最称完善。叶景葵曰：“《北梦琐言》缪艺风三校本，根据商本，《广记》本，刘、吴两钞本，前后二十馀年，用力勤劬，校笔整饬。”①1959 年中华书局上海编辑所据此本排印，且附《雅雨堂丛书》本二十卷目录与《逸文》四卷目录，甚便应用。1981 年上海古籍出版社出版林艾园点校本，又有所加工。2002 年中华书局出版贾二强点校本，收入《唐宋史料笔记丛刊》，质量又有所提高。上海图书馆有原藏吴骞拜经楼之旧钞本，即缪荃孙所依据之吴本。台湾“中央图书馆”亦藏有明万历元年括苍山人钞本与另一明钞本。

【内容之分析】

作者孙光宪，字孟文，自号葆光子。“葆光”一词，出于《庄子·齐物论》：“注焉而不满，酌焉而不竭，而不知其所由来，此之谓葆光。”隐喻个人才华深沉莫测。书中署名“富春孙光宪”，“富春”是孙姓的郡望，实际上是陵州贵平（今四川仁寿县东）人。孙光宪在前蜀时为陵州判官，后唐明宗天成初避地江陵，为割据者高季兴幕下掌书记，历事高从诲、保融、继冲三世，累官荆南节度副使、检校秘书少监。后劝高继冲献地降宋，又任新朝黄州刺史。孙氏生年当在唐昭宗乾宁二年（895）②，卒于宋太祖开宝元年（968），《宋史》卷四八三有传。孙氏为唐末宋初的笃学之士，著作很多，撰述《北梦琐言》的目的，则是鉴于“广明乱离，秘籍亡散，武宗已后，寂寞无闻，朝野遗芳，莫得传播”，故

① 顾廷龙编《卷盦书跋》，古典文学出版社 1957 年版。

② 参看拜根兴《孙光宪生年考断》，载《中国史研究》1998 年第 1 期·总第 77 期。

而写作此书，“因事劝戒”。对于皇室、宰辅、藩镇、官吏、科举、门阀、文士、僧道等方面，都有记叙，也有一些神怪谶应的记载，涉及历史事实、名人言行、民情风俗等，内容甚为广泛。卷六记太尉韦昭度谄附僧人勾结宦官而得相位；卷十七记宦官韩全诲以美妇求宫中阴事而杀宰相崔胤，可见晚唐政治之黑暗；卷十八、十九叙后唐明宗李嗣源之力图振作革新政治；卷十八记后唐庄宗刘后为争宠而隐瞒出身竟笞逐生父，可见五代政权情况之复杂多样；卷七记卢延让因写猫狗诗而登第；卷十记李昌符作婢仆诗于公卿间行之，可见晚唐诗坛之浅薄怪异。

二十卷中，前十六卷记晚唐事，后四卷记五代事，保存史料极为丰富。内如卷六言士人文字之累，叙及韦庄名篇《秦妇吟》，曾对近代敦煌学起很大影响；卷七屡言很多情况得之刘山甫《金溪闲谈》，也是对此书籍的唯一介绍。其中还记录了许多中晚唐及五代时的文人轶事，诸如顾况、白居易、李商隐、温庭筠、皮日休、聂夷中、杜荀鹤、罗隐、韦庄、和凝等，还记载了有关文士温卷等情事，都是研究文史的好材料。序中又言“每聆一事，未敢孤信，三复参校，然始濡毫。”说明他的写作态度相当谨严。每条之首常题某人所说，或在条文之末注明得自何人，也是言必有据的意思。有些条目则是采用前人的现成材料改写而成，但为数很少，无关全局。

纪闻谭

【书名及异称】

《古今说部丛书》二集著录《西墅记谭》一卷，前蜀潘远撰。

【著录与版本】

《直斋书录解题》著录于“小说家类”，作三卷。《宋史·艺文志》著录于“小说家类”，作一卷，当是书已散佚之故。明代书目已不见著录。今所存者，《绀珠集》卷九录文十条，《类说》卷五二录文七条，张宗祥辑明钞本《说郛》卷七三录文五条，彼此有重复者。其他宋代著作中亦偶有征引。

【内容之分析】

《直斋书录解题》此书提要曰：“蜀潘远撰。《馆阁书目》按：‘李淑作潘遗。’今考《邯郸书目》，亦作潘远，其曰‘遗’者，本误也。所记隋唐遗事。”而《宋史·艺文志》著录此书作者之名即作潘遗。潘氏事迹不详，看来当以作潘远为是。

《类说》卷五二中有“空梁落燕泥”一条，出于《隋唐嘉话》卷上；《绀珠集》卷九中有“定婚店”一条，《新编分门古今类事》卷十六亦引，出自李复言《续玄怪录》卷四；《绀珠集》卷九中有“锦帐三十里”一条，《白孔六帖》卷十四、《古今合璧事类备要》外集卷四九亦引，出自《因话录》卷一。可见《纪闻录》一书，乃杂录前时典籍而成。有的条文，《资治通鉴考异》中曾征引，则必为潘远所自拟者。宋代像这样混合前时著述与自拟条文的著作甚多，如詹玠《唐宋遗史》等。《唐语林原序目》中有此书，而书中之条文很难确指哪一条出于《纪闻谭》，究其原因，一是《纪闻谭》中文字散佚特甚，二是此书文字本来多出自前人著作。但潘远为五代时人，所见材料出于唐人手笔，故王谠著书仍取材于是。

鉴诫录

【书名及异称】

《郡斋读书后志》“小说类”著录《鉴戒录》十卷，云是“唐证中纂辑唐以来君臣事迹可为世鉴者。前有刘曦度序。李献臣云‘不知何时人’，考之不详也”。①《四库全书总目》提要以为此书多记唐及五代间事，而蜀事为多，皆近俳谐之言，因而以为赵氏“似未睹其书，因其名而臆说”。实则晚唐五代时局混乱，军阀横行，大至朝廷，细至乡里，都有许多黑暗现象，《鉴诫录》中的《逸士谏》《妖惑众》《亡国音》《归生刺》等标题，即明示“鉴诫”之意，只是全书内容不限于此而已。

【著录与版本】

《秘书省续编到四库阙书目》“小说类”有何光远撰《鉴戒录》三卷，《遂初堂书目》亦入“小说类”而不著撰者与卷数，《宋史·艺文志》“小说家类”著录刘曦度、何光远《鉴诫录》各三卷，当因此书“前有刘曦度序”而误以为刘氏亦有此书。《四库全书总目》著录于“小说家·杂事类”，作十卷。《知不足斋丛书》本、《学海类编》本、《学津讨原》本均作十卷。明万历初，项氏天籁阁藏有此书宋刻本，清初归朱彝尊收藏。

---

① 《郡斋读书志》(衢州本)卷十三载《鉴诫录》十卷，“唐证”作“广政”，应据之改正。

曹寅在扬州设局刻《全唐诗》时，朱彝尊携此书至扬，诗局中之查嗣瑮、汪士鋐等借观，采录《鉴诫录》中所载之诗补入。王士禛、赵怀玉等先后均曾作过校勘。上述几种丛书中的《鉴诫录》，均据此本刻出。《丛书集成》本据《知不足斋丛书》本排印。

【内容之分析】

何光远，字辉夫，东海（今江苏灌云县）人。后蜀广政初为普州军事判官，事迹见《十国春秋》卷五六。

此书各以三字标题，凡六十六则，内中大量介绍文人轶事，汇集各家诗篇，体近诗话，与《云溪友议》的性质为近。按《皕宋楼藏书志》卷六二有旧钞本十卷，吴焯跋曰："此录足备放佚，第所录诗文，多取俚鄙，仅成小说家耳。录中颇多点窜他人之诗，不解何故。至后数卷又多采摭唐人诗话，与'鉴戒'命名之旨，似无取焉。"而其中如《贾忤旨》条详叙贾岛事，中记其遇韩愈而有"推敲"炼字的出处；《钱塘秀》事详叙罗隐之坎坷经历，如言郑畋之女窥知其貌陋而不再咏其诗；《金统事》记黄巢军入长安后，士人书七言四韵以讽，农民政权遂肆残酷杀戮；《蜀才妇》记薛涛号女校书之出处及其《十离诗》，都是脍炙人口的故事，或是有用的史料。一些有关政治的记载，也有可以补充史书的地方，如《九转验》记唐武宗服九转之丹，"遍体生疮，髭发俱脱，十日而崩，此《唐实录》隐而不书"。又如《判木夹》记唐末蜀与南诏的文书往来，木夹为南诏来书，判木夹为复信；又《布燮朝》记南诏布燮段义宗文笔之佳，凡此均可见南诏沉潜汉族文化之深。

《鉴诫录》的一些条文，间附注文，对何氏的记载加以驳正，然不知出于何人。

何光远此书很多地方出于传闻，不甚可信，如《灌铁汁》内记秦宗权自言乃太山神逼之为乱等，流于荒诞。《四库全书总目》提要还曾指出："《徐后事》一条所载王承旨诗，《后山诗话》以为花蕊夫人作；《蜀门讽》一条所载向瓒嘲蒋炼师诗，《南唐近事》以为庐山道士。"按《钓巨鳌》记张祐见李绅，自称钓鳌客，声言"用唐朝李相公为饵"，《类说》卷二一《大唐遗事》内《钓巨鳌客》条亦记此事。《封氏闻见记》卷十《狂谲》记王严光事，与此类同。《唐语林》卷五、《侯鲭录》卷六记李白自称"海上钓鳌客"，言"以天下无义气丈夫为饵"，于此可见唐代有关"钓鳌"故事之记载纷糅殊甚，真所谓传闻异辞，亦不必考其孰为正说，孰为异说矣。

开元天宝遗事

【书名及异称】

此书或简称《开天遗事》,《遂初堂书目》"杂史类"又称《开宝遗事》。

【著录与版本】

《玉海》卷五一"艺文·典故"引《中兴馆阁书目》,有《开元天宝遗事》一卷,下注:"五代唐王仁裕,采摭前史不载者凡一百五十九条。"《宋史·艺文志》入"故事类",亦作一卷。《郡斋读书志》(衢州本)"传记类"著录《开元天宝遗事》四卷,"右汉王仁裕撰。仁裕仕蜀,至翰林学士。蜀亡,仁裕至镐京,采摘民言,得开元、天宝遗事一百五十九条。后分为四卷"。《直斋书录解题》"传记类"作二卷,亦称"所记一百五十九条"。缪荃孙《艺风藏书记》卷八《小说第十》录《开元天宝遗事》二卷,云是"日本宽永十六年(1639)重刻绍定本",后有陆子遹跋语。又《艺风藏书再续记》内《影写本第六》中有一影宋本,缪氏云"前记载日本翻本,此影写绍定戊子桐江学宫刊本,陆子遹跋。子遹,放翁之子。书分二卷……均与自序云一卷不合。"按宽永本尚保存王仁裕《开元天宝遗事》自序,言破蜀之年由秦入镐事,云是"凡一百五十九条,皆前书之所不载也。"晁、陈所记该书成因与条文总数当系据王氏自序著录。《四库全书总目》著录者为四卷本,入"小说家·杂事类"。《通志·艺文略》"杂史类"作六卷,《上善堂宋元板精钞旧钞书目》"名人钞本"内有吴方山手钞《开元天宝遗事》六卷。综合上言，可知此书有六卷、四卷、二卷、一卷之别，然实际上出入不大。传世有明建业张氏铜活字本、《顾氏文房小说》本、《艺圃搜奇》本等多种。铜活字本珍贵而不易见。顾本流行最广，《丛书集成》本与丁如明编《开元天宝遗事十种》本均据此本。顾本分上、下两卷，计一百四十六条，与铜活字本与宽永本同，距宋代书目所记之数相去不远。2006 年中华书局出版曾贻芬整理本一种，列入《唐宋史料笔记丛刊》，乃据明铜活字本点校，载入王氏自序与陆子遹跋，最佳。

又《唐语林原序目》中有《玉堂闲话》一种，然核诸全书，有关条文实出《开元天宝遗事》，可知宋代书目所记载的王仁裕《玉堂闲话》十卷本，或系后人将王氏著作多种汇编而成，故将《开元天宝遗事》径行纳入。①

【内容之分析】

王仁裕为五代时显宦。自唐末任秦州节度判官始，历仕前蜀、后唐、晋、汉、周各朝，长期充任翰林学士等要职，著作甚多，颇为世所称。周显德三年(956)卒。《旧五代史》卷一二八、《新五代史》卷五七有传。②《容斋随笔》卷一《浅妄书》摘其疏谬者四事，以为王氏不应浅学

---

① 参看拙撰《〈玉堂闲话〉考》，载《西北师范学院学报》1985 年第 3 期，后收入《唐人笔记小说考索》，江苏古籍出版社 1996 年版。又《玉堂闲话》有陈尚君与蒲向明的两种辑本，前者纳入傅璇琮等主编之《五代史书汇编》，杭州出版社 2004 年出版；后者名《〈玉堂闲话〉评注》，中国社会出版社 2007 年出版。

② 参看胡文楷《薛史〈王仁裕传〉辑补》，载《中华文史论丛》1980 年第 3 期。又甘肃礼县城西南 15 公里斩龙村有王仁裕神道碑，1983 年于其旁又出土王仁裕墓志铭，二文均由门人李昉撰文。神道碑文已收入曾枣庄、刘琳主编《全宋文》第三册卷四八，上海辞书出版社、安徽教育出版社 2006 年 8 月出版。王仁裕墓志铭收在蒲向明《〈玉堂闲话〉评注》之“附录”中。

如此，故疑为好事者托名之作。司马光著《资治通鉴》时曾采录书中记载，玄宗天宝十一载叙陕郡进士张彖之言，以为时辈倚杨国忠如泰山，“吾以为冰山耳”，即出《开元天宝遗事》卷上《依冰山》条。苏轼有《读〈开元天宝遗事〉四绝句》，说明此书作于五代、宋初，年代正合。洪迈之说亦未有显证。

《唐会要》卷五二《忠谏》载元和十四年崔群对宪宗问，分析唐玄宗前后期用人之异，导致政治之盛衰，从而规劝宪宗“以开元初为法，以天宝末为戒”。《开元天宝遗事》卷上叙开元时事，卷下叙天宝时事。开元时期玄宗尚能任用贤良，故多记姚崇、宋璟等事迹；天宝时期政治趋于腐败，故多记李林甫与杨氏一门之劣迹。可知此书反映了唐人对玄宗一朝之普遍看法。其中记张说为人诡诈，复贪财贿，与《朝野佥载》记载相合，而书中言及张说撰有《绿衣使者传》，则为今人之研究传奇者提供了重要线索。

书中记载的宫廷琐事与民间习俗，每具参考价值。如《半仙之戏》，可知唐代宫人喜玩鞦韆；如《泥金帖子》，可知唐代科举场中之报喜方式；又如《记事珠》《梦笔头生花》等，已成文学上习用之典故；而如《决云儿》《长汤十六所》《夜明枕》《金鸡障》等条，郑嵎《津阳门诗注》中也有记载，二者均为采集该一地区的传说而成，故内容多相通。《诗注》还说长汤、夜明枕等说出于《国史》，则是这类传说应当有其可信之处。

贾氏谈录

【书名及异称】

此书或称《贾公谈录》，或称《贾黄中谈录》，二者与《贾氏谈录》同义，仅为直呼其名或加尊称而已。按之实际，原名当作《贾公谈录》。

【著录与版本】

《郡斋读书志》（袁州本）著录《贾氏谈录》一卷，入"小说类"，云"右伪唐张洎奉使来朝，录典客贾黄中所谈三十馀事，归献其主"。《直斋书录解题》作《贾公谈录》，入"传记类"，云"《序》言庚午衔命宋都，闻于补阙贾黄中，凡二十六条，而不著其名。别本题清辉殿学士张洎，盖洎自江南奉使也。庚午实开宝三年（970）"。《宋史·艺文志》"小说家类"亦作一卷，称《贾黄中谈录》。张洎，字思黯，改字偕仁，全椒人。初仕南唐，为知制诰、中书舍人；入宋，为史馆修撰、翰林学士，后官至参知政事，《宋史》卷二六七有传。贾黄中亦尝任相，《宋史》卷二六五有传，中叙其"多知台阁故事，谈论亹亹，听者忘倦焉"。张洎在《谈录序》中也说："左补阙贾黄中，丞相魏公之裔也。好学博古，善于谈论。每款接，常益所闻。公馆多暇，偶成编缀，凡六条，号曰《贾氏谭录》，贻诸好事者云尔。"《四库全书总目》之提要据此以为《郡斋读书志》上所说的"归献其主"有误。

此《序》原载宛委山堂本《说郛》卷三七中的《贾氏谈录》节本，四库馆臣据之纳入，而“六条”之说不确，或文字有脱误。宋代书目上所说的三十馀条或二十六条之说，目下也难确证。明代藏书家中还多见此书的著录。晁瑮《宝文堂书目》内有《贾氏谈录》，徐𤊹《徐氏家藏书目》卷四“小说类”有“《贾氏谈录》一卷，张洎”。赵琦美《脉望馆书目》“暑字号·子·小说”内有《贾氏谈录》一本，然后世均已不见传录。目下常见的《四库全书》本，乃从《永乐大典》中辑出，四库馆臣又从《类说》《说郛》等书中搜拾残文，共约二十六条，归入“小说家·杂事类”，仍称一卷。《守山阁丛书》本从此而出，且作校订，质量有所提高。然四库馆臣从《永乐大典》中采摘文字时工作草率，文字大段脱落。傅增湘《藏园群书题记》卷八介绍该书时云得一旧写本，后有胡珽、劳格校记。傅氏又云“《平泉庄》一条，《四库》本文字前后倒置，正文小注又复淆乱。……是钞本之佳，实远出《四库》之上”。而是本著录原文三十一条完整无缺，然不知是否与《郡斋读书志》上所说的一种相合？可惜胡珽刻《琳琅秘室丛书》时未据之刻出。北京图书馆则藏有原海日楼旧钞本一种，前有目录，凡二十九条，颇有可补今本不足者。① 王谠《唐语林》中收入此书十条，比之《四库》本与《守山阁丛书》本，文字完整且近真。例如上述《平泉庄》一条，今载卷七，文字不倒，小注保存完整，可正《四库》本之缺误。若与《类说》卷十五中引文与张淏《云谷杂记》卷四中引文互校，可以恢复此文原貌。

---

① 陶敏《述海日楼藏旧钞本〈贾氏谈录〉》据傅增湘《藏园群书题记》卷八《旧钞本贾氏谈录跋》而将两种钞本相互比较，以为海日楼藏本“实际上是一个存文三十一条的完本”。然是本明云“共二十九条件”，且开具条文目录，说明这是一种与傅氏藏本不同系统的本子。二者条文分合不一，也没有理由认为傅氏藏本之分法更近于贾氏原著。时至今日，《贾氏谈录》之原貌已无法得知。宋人著录者均为各人所见之不同钞本，原藏傅增湘处之旧钞本亦不知详情如何，故似没有必要将海日楼藏本据之分成三十一条，也无理由断言“三十一条”为“完本”云云。陶文载《文献》2007年第2期。

【内容之分析】

是书篇幅虽不大，然内容丰富，每条文字均有其价值。如言牛李党争之起，《周秦行记》为李德裕门人韦瓘所撰，均为研究这一问题的重要史料。又如言平泉庄之盛衰，兴庆宫九龙池之兴废，含元殿之风貌，可知宫廷建筑之概况。又如叙文中子事，可裨史阙；叙白居易事，可知其受时人推重之一斑。中有数条言及社会风习，如云贡院字用淡墨毡书之起因，院体行草近隶，以及京兆户民豪荡之俗，衣冠子弟多居鄠杜间之起因，均可供有关专题研究者之需。

《唐语林》卷二有王右丞于凝碧池咏诗一文，亦见今本，海日楼旧钞本有全文，可与《唐语林》互证。文曰："贾君尝自说，太原军前衔命至永兴军催发马草，舍于菩提寺。僧有智满者，言祖师宏道天宝末为寺主，值禄山犯阙，王右丞为贼所执，囚于经藏院，与左丞裴迪密相往来。裴说贼会蕃汉兵马，宴于太极西内，王闻之泣下，遂为诗二绝，书于经卷麻纸之后。祖师收得之，相传至智满。贾君既获披阅，遂录得其辞云：'万户伤心生野烟，百官何日再朝天。秋槐叶落空宫里，凝碧池头奏管弦。'又示裴迪'安得舍尘网'云云。"王维因此事而得赦宥，新、旧《唐书》王维本传均有记载。有关此事，以往均据《明皇杂录·补遗》中的记载为说，然《贾氏谈录》中的这一记载，尤可注意。因贾黄中亲见王维手迹，且闻智满传述，更具参考价值。傅增湘介绍旧钞本时列举多条文字可补今本之阙漏，而未引及此一重要文字，或是所蓄之本亦未有此条。此文末句，《唐语林》作："又云：'安得舍尘网，拂衣辞世喧，翛然策藜杖，归向桃花源。'"二文互补，当更接近《谈录》原貌。

唐会要

【书名及异称】

此书前后经由数人编成。唐德宗时，苏冕、苏弁兄弟合编成《会要》四十卷。大中七年(853)，宰相崔铉等奉敕撰次德宗以来至大中六年之事，以续前书，成《续会要》四十卷。王溥由五代入宋，又采唐宣宗以后之事，汇合前二书而成百卷，于宋太祖建隆二年(961)奏上，乃总称《唐会要》。《宋史·艺文志》"类书类"又称之为《续唐会要》。

【著录与版本】

《新唐书·艺文志》"类书类"著录苏冕《会要》四十卷、《续会要》四十卷，原注："杨绍复、裴德融、崔瑑、薛逢、郑言、周肤敏、薛廷望、于珪、于球等撰，崔铉监修。"《崇文总目》《郡斋读书志》《遂初堂书目》亦著录于"类书类"，《通志·艺文略》则著录于"起居注·会要类"，《直斋书录解题》又著录于"典故类"，《四库全书总目》则归之于"政书类"。此书长期以来仅以钞本传世，清代始有武英殿聚珍本，江苏书局据之复刻，《丛书集成》本据之排印，建国之前的商务印书馆《国学基本丛书》本，建国之后的中华书局本，均用《丛书集成》本旧版印行，后者附有勘误表。中华书局并于1991年出版了张忱石所编的《唐会要人名索引》，甚便使用。上海古籍出版社则于1991年出版了新式标点本。

【内容之分析】

《郡斋读书后志》“类书类”著录《唐会要》一百卷，云“右皇朝王溥撰。初，唐苏冕叙高祖至德宗九朝沿革损益之制。大中七年，诏崔铉等撰次德宗以来事至宣宗大中六年以续冕书，溥又采宣宗以后事，共成百卷。建隆二年正月奏御，史简礼备，太祖览而嘉之，诏藏于史阁，赐物有差”。今按《唐会要》卷三六《修撰》载贞元“十九年二月，淮南节度使杜佑撰《通典》二百卷上之。……杭州刺史苏弁，撰《会要》四十卷。弁与兄冕缵国朝故事为是书，弁先聚书至二万卷，皆手自刊正，今言苏氏书，次于集贤、芸阁焉”。说明《会要》一书乃苏冕、苏弁兄弟二人合编。或许苏弁于此贡献更大，而苏冕为兄，故名列于前。此书本为私人著作，与《续会要》性质不同，后者乃奉诏之作。《唐会要》后又云，大中“七年十月，尚书左仆射门下侍郎平章事崔铉上《续会要》四十卷，修撰官杨绍复、崔瑑、薛逢、郑言等，赐物有差”。则是晁书叙此有小误：大中七年续书已成，非是宣宗始下诏命修《续会要》也。

王溥为晋阳人，《宋史》卷二四九有传。他在唐人所撰的正续《会要》基础上，加上自己所续的大中七年以后事，成《唐会要》四十卷。由于中唐之后战乱频仍，典籍散佚严重，故《唐会要》中的王溥后续部分内容最为简率。

《唐会要》是一部叙述典章制度的专书。作者叙述典章制度的沿革损益，颇为详核，内如《识量》《忠谏》《举贤》《委任》《崇奖》等门，亦颇载事迹。其细琐典故，不能归入门目者，则系于《杂录》，附于各条之后。《唐语林原序目》中有《唐会要》，说明王谠编撰时征引过此书材料。

《唐会要》所记载之事，每详记年月，如《唐语林》卷一《政事上》首条曰：

> 高祖时，严甘罗，武功人。剽劫，为吏所拘。上谓曰："汝何为作贼？"对曰："饥寒交切，所以为盗。"上曰："吾为汝君，使汝穷乏，吾之罪也。"赦之。

同样的记载，尚见之于《南部新书》卷癸，但不知首出者究为何书。《唐会要》卷四十《君上慎恤》首条亦载此事，文字类同，而首标年月曰"武德二年二月"。颇疑《会要》中的这类文字出于《实录》，所以才有明确的岁月记载。

《大唐新语》卷一《匡赞》中有张行成说太宗勿与臣下争功一条，并见《唐会要》卷五四《省号上・给事中》，而前有"贞观十五年"的标示。又《大唐新语》卷一《规谏》中有唐俭谏太宗不得逞雄心于一兽事，并见《唐会要》卷二八《蒐狩》，而上标此事发生在武德八年十月二十日。这些地方，似亦可以推测均源出《实录》。其他笔记小说中亦多源出《国史》之文，《大唐新语》等书中这类情况甚多。

《封氏闻见记》卷七《蜀无兔鸽》条中有文曰：

> 太宗朝，远方咸贡珍异草木。今有马乳蒲萄一房，长二丈馀，叶馀国所献也。娑婆树，一名"菩提"，叶似白杨，摩伽陀那国所献也。黄桃，名"金桃"，大如鹅卵，康国所献也。波罗拔藻，叶似红兰，实如蒺藜，泥婆罗国所献也。

同样记载，并见《唐会要》卷一百《杂录》，系于"贞观二十一年三月十一日，以远夷各贡方物，其草木杂物有异于常者，诏所司详录焉"。

说明这是皇家有关机构奉命记录下来的远方奇异贡物。今按《唐会要》卷六三《史馆上·诸司应送史馆事例》中规定,“蕃国朝贡”下注曰:“每使至,鸿胪勘问土地风俗,衣服贡献,道里远近,并其主名字报。”上述叶馀国等所献之物,看来就是鸿胪寺呈报给史馆中去的原始记录,因此这类文字应当也源自《国史》。

《唐会要》中分门别类地积累了许多典章制度方面的材料,有的问题也不一定记得正确,只是里面的材料大都出于唐代著名学者的记载,因而自有其重要的价值。

按《唐会要》的性质来说,不应归入笔记小说的行列,不过此书所记的有些史实,特别是“杂录”中记载的轶事,与笔记小说为近,故为《唐语林原序目》所吸收。今以其有助于研究文史,可与唐代笔记小说互证,故亦为之作叙录而加以介绍。

南部新书

【书名及异称】

《郡斋读书志》(袁州本)“小说类”作《南郡新书》,乃此书之异称。“南部”云者,南方之谓,汉魏时有南部校尉等职务。唐末宋初有托言颜师古所撰之《南部烟花录》一文,叙隋炀帝南游江南事。钱易著书时仕宦于位处南方之吴越小朝廷,故取此名。

【著录与版本】

《直斋书录解题》“传记类”著录:“《南部新书》十卷,翰林学士钱易希白撰。倧之子也。所记多唐遗事。”《宋史・艺文志》著录于“小说家类”,亦作十卷。《郡斋读书志》(袁州本)“杂史类”、“小说类”重出,衢州本入“杂史类”,均作五卷。《遂初堂书目》入“小说类”,不著卷数。传世各本之编次以十干(自甲至癸)为序,则以十卷之说为可信。《郡斋读书志》所著录者或为合并之本。《四库全书总目》著录此书于“小说家・杂事类”,亦作十卷。明代晁瑮《宝文堂书目》入“子杂”,且重出。而古时此书多以钞本流传。黄丕烈得一明刊本,然佚甲、乙两卷,乃以钞本相配。后出之《学津讨原》本、《稽古堂日钞》本、《粤雅堂丛书》本,均出黄氏士礼居所藏。潘景郑跋明本曰:“《南部新书》,通行伍氏粤雅堂本。伍本舛讹,无由是正。荛翁尝称钱遵王藏有明本,多校改之字;义门先生亦曾校此书,意钱校实不逮何义门先生,亦以不得宋刻名钞,是正脱讹,其所校当有未尽可据者。顾涧苹先生驳正数字,以证刻本之不误而义门先生妄改者,洵乎旧本之难觏,轻下雌黄,强作解事,虽通人犹不免此病耳。"[1]说明此书虽经众多名家雠校,尚不能整理出一种善本。学界于此有所期盼。[2] 中华书局上海编辑所于 1958 年时重印,略作校雠,且加标点,仅可视为便用。中华书局《唐宋史料笔记丛刊》于 2002 年出版黄寿成点校《南部新书》一种,未能称善。[3]又《太平广记》《类说》《绀珠集》等书中引文颇多,后人仍可广征载籍,整理出一种更为精当的本子。如有学者能用多种材料进行他校,则其成绩当更为可观。

【内容之分析】

作者钱易,字希白,《宋史》卷三一七附《钱惟演传》。其父倧,嗣吴越王,为大将胡进思所废,而立其弟俶,故这一支系处在不得势的地位,这就激励了钱易笃志向学的志趣。《宋史》本传上说他"才学赡敏过人,数千百言,援笔立就"。然因恃才倨傲,仕途很不得意。宋真宗时举进士,补濠州团练推官,召试中书,改光禄寺丞、通判蕲州。景德中,举贤良方正,累迁太常博士,直集贤院。后又累迁左司郎中,为翰林学士,卒于任上。著作甚多,除本集一百五十卷外,尚有《青云总录》《青云新录》《南部新书》《洞微志》共一百三十卷。

---

① 载《著砚楼题跋》二四八,古典文学出版社 1957 年版。

② 参看虞云国《南部新书考》,载《古籍整理出版情况简报》2001 年第 11、12 期(总 369、370 期)。

③ 崔文印《〈南部新书〉点校商兑》,载《古籍整理出版情况简报》2003 年第 4 期(总 386 期);罗宁《〈南部新书〉需要校证》,载《古籍整理出版情况简报》2004 年第 4 期(总 398 期)。

钱明逸于宋仁宗嘉祐元年(1056)所作之序中说,其父撰成此书,“凡三万五千言,事实千,成编五,列卷十”,后又曰“因以《新书》次为门类,缮写净本,致于乡曲,以图刊镂”。然而传世各本已不再分编,也不分门类,故与钱氏定本已有不同。只是此书收文八百多条,容量甚大,则原书大部分的篇幅当仍得保存。

《南部新书》所记载的内容,集中于李唐一朝,延至五代,有时附记宋初之事。初盛唐时期的故事轶闻,大都据前时典籍转录,中晚唐、五代至宋初的有关记载,则或出自他的手拟。只是此书条目之下不注出处,因此判断哪些条文为转录,哪些条文为自拟,甚为不易。

《南部新书》卷甲:“公孙罗为沛王府参军,撰《文选音义》十卷。罗,唐初人。”又同卷:“李白,山东人,父任城尉,因家焉。少与鲁人诸生隐徂来山,号‘竹溪六逸’。天宝中,游会稽,与吴筠隐剡中。筠征赴阙,荐之于朝,与筠俱待诏翰林。俗称蜀人,非也。今《任城令厅石记》,白之词也,尚在焉。”这一类条文,当系概括《旧唐书》而成。因为有关公孙罗与李白的这类记载尚未见于其他典籍。

有的条文,可以追查到出处,如卷戊云:“黄巢本王仙芝贼中判官。贼众戴之为首,遂日盛。”原出《金华子》卷下;又如卷辛云:“玄宗尝召王元宝,问其家财多少?对曰:‘臣请以绢一匹系陛下南山树,树尽臣绢未穷。’”原出《独异志》卷中。若与原书对勘,可知文字出入不大。

有的条文,可以追查到出处,但原书已有残佚,因而更显得可贵。如卷庚曰:“濠州西有高塘馆,附近淮水,御史阎敬爱宿此馆,题诗曰:‘借问襄王安在哉,山川此地胜阳台。今朝寓宿高塘馆,神女何曾入梦来。’轺轩来往,莫不吟讽,以为警绝。有李和风者至此,又题诗曰:‘高唐不是这高塘,淮畔江南各一方。若向此中求荐枕,差参笑杀楚襄王。’读者莫不解颜。后因失印求新铸,始添濠字。”原出《封氏见闻记》

卷七《高唐馆》。然封演此书前端的大半部分已残缺，可用《南部新书》补足。

有的条文，则出于钱氏自拟，如卷壬曰："杜仲阳，即杜秋也，始为李锜侍人。锜败填宫，亦进帛书，后为漳王养母。太和三年，漳王黜，放归浙西，续诏令观院安置，兼加存恤。故杜牧有《杜秋诗》，称于时。"卷癸曰："皮日休，历太常博士，后从巢寇遇祸。子光业，为吴越丞相；子文璨，任元帅判官，入京为太仆少卿，卒。子子猷。猷字仲卿，祥符八年御前进士。"因为杜牧、皮日休等人与钱氏年代相接，有关杜、皮之材料甚多，钱易乃自行叙写，看来并未根据一种材料转录。

《南部新书》中最可宝贵的，是有的材料可能从某一种书中转录，但原书已佚，因而已成首出的材料。引用之时自属首选。如卷壬曰："李纹者，早年受王涯恩，及为歙州巡官时，涯败，因私为诗以吊之。末句曰：'六合茫茫皆汉土，此身无处哭田横。'乃有人欲告之，因而《纂异记》，《记》中有《喷玉泉幽魂》一篇，即甘露之四相也。玉川先生，卢仝也。仝亦涯客，性僻面黑，常闭于一室中，凿壁穴以送食。大和九年十一月二十日夜，偶宿涯馆。明日，左军屠涯家族，随而遭戮。"又卷壬曰："章八元及第后，居浙西，恃才浮傲，宴游不恭，韩晋公自席械系之，来晨将议刑。时杨於陵乃韩女婿，以同年救之。曰：'为杨郎屈法。'"前者启示这类文字有用隐语的方式隐射时事者，开启了小说研究中的一条新途径；后者成为了解诗人情性的一条可贵材料，可补《唐诗纪事》《唐才子传》等载籍之不足。

有的材料，则可用以辗转互证，如卷己曰："李太尉之在崖州也，郡有北亭子，谓之望阙亭。太尉每登临，未尝不北睇悲咽。有诗曰：'独上江亭望帝京，鸟飞犹是半年程。青山也恐人归去，百匝千遭绕郡城。'今传太尉崖州之诗，皆仇家所作，只此一首亲作也。昔崖州，今琼州是也。"《唐语林》卷七引此文，后面还有一大段文字，言李德裕游一古寺，见禅院内壁挂十馀葫芦，僧人告以乃李氏当朝时以私憾黜于此者之骨灰，李氏闻之心痛，是夜卒。《类说》卷三二引《语林》此文，题作《葫芦贮骨灰》，不见《南部新书》记载。又《类说》卷五一《本事诗》中有《登崖州城诗》一条，仅录此诗一首，则是此文当为中唐时期的人所作，后为孟啓、钱易等人所承用。宋胡珵《苍梧杂志》中《望阙亭》条，文字与此相类，见宛委山堂本《说郛》卷二六，也不可能是首出之文。《南部新书》中有若干文字不见他书，故这类条文自有其价值。

总的看来，《南部新书》的情况与《唐语林》为近。但前者文字显得更为简短，若与后者比较，记载每嫌不够完整。然《南部新书》的价值仍有其不容忽视之处，大至朝章国典，小至市廛琐闻，社会政治，僧道异教，民情风俗，都有很多值得参考的文字。全书记载妖异怪幻之事不多，大都属于文史类的原始材料。如上所言，这类材料有的记录了重要史实，有非他书所能代替者，有可供其他材料作参照者，因此研究唐代文史的人，不可不研读此书。

此书向无善本，原书的分类已不可知，资料的编排杂乱异常，引用之时非常不便。如有学者能编制一种便查的索引，则对阅读与利用此书当大有助益。

唐语林

【书名及异称】

此书或简称《语林》，例如齐之鸾于嘉靖二年刻二卷本时，即用此简称。

【著录与版本】

宋代书目中著录此书，卷数不一，《郡斋读书志》(袁州本)“小说类”作十卷，曰：“右未详撰人。效《世说》体，分门记唐世事，新增《嗜好》等十七门，馀仍旧云。”《通志·艺文略》“小说类”作八卷，《直斋书录解题》“小说家类”亦记作八卷，又说“《中兴书目》十一卷，而阙《记事》以下十五门；又一本八卷。今本亦止八卷，而门目皆不阙”。《宋史·艺文志》“小说家类”载王谠《唐语林》十一卷。说明南宋之时即有多种不同卷数的本子在流传。明代书目著录者甚多，而卷数亦有出入。高儒《百川书志》卷八“小说家”有《唐语林》十卷，陈第《世善堂书目》卷上“稗史野史并杂记类”、徐𤊹《徐氏家藏书目》卷四“小说类”有《唐语林》八卷，惜均失传。嘉靖二年桐城齐之鸾刻两卷残本。士礼居曾藏一旧钞本，计三卷，内容同齐书。钞本现藏北京图书馆。明代尚有丰城李栻刻的《历代小史》本，起讫同齐书，实为一节录本。元末明初陶宗仪编《说郛》，录文数条，其标题适与齐书合，说明《唐语林》至宋代后即已传本不多，流传最广的也就是这部讹误很多残缺不全的三卷本或两卷本。

清初编《四库全书》，将此归入“小说家・杂事类”。馆臣将齐之鸾本分为四卷，作为前面部分；又从《永乐大典》中辑出四卷，作为后面部分，条目按年代排列，第八卷为杂录，且用聚珍版印行，此书始有所谓足本传世。后起的本子，如《墨海金壶》本、《守山阁丛书》本、《惜阴轩丛书》本，还有福建藩署、江西官书局、广雅书局本等多种，都是据武英殿聚珍本覆刻的。《守山阁丛书》本后附《校勘记》，钱熙祚在文字上作过一些整理。广雅书局覆刻《唐语林》，孙星华所作《校勘记》，仅在钱氏的基础上作了一些简化。1957 年古典文学出版社出版的《唐语林》即据《守山阁丛书》本排印，列入《中国文学参考资料小丛书》。1987 年中华书局出版的周勋初《唐语林校证》，列入《唐宋史料笔记丛刊》，对此书作了全面的整理，且有《援据原书提要》《人名索引》等附录多种，便于使用。

【内容之分析】

作者王谠，字正甫，长安人。苏轼之友王彭之子，宋哲宗元祐时拜相之吕大防之婿。王谠事迹不详，仅知其曾任东京排岸司、国子监丞、少府监丞，元祐之后曾任邠州通判等职，大约死于崇宁、大观年间，享年当在六七十岁。

《唐语林》是王谠集合了唐、五代及宋初共五十种有关唐代文史的重要文献而编成的小说集。全书多记唐人嘉言懿行，也有一些典章制度和民俗物产的记载，都是唐代历史、文学与社会情况的重要资料。《永乐大典》中保留着《唐语林原序目》一纸，因收入聚珍本《唐语林》而得流传，从其中收录的书的性质来看，不出杂史、传记、故事、小说等范围，可知《唐语林》的性质近于历史、传记与学术著作，而又不纯，近于小说。《原序目》中已佚两种书名，按诸实际，当为《封氏闻见记》《唐阙史》或《唐摭言》。

王谠编撰《唐语林》时，对援引的原文常作改动，或加增损，如卷四引《国史补》卷下《叙著名诸公》一文，不但删去了“杜工部”、“戴容州”等名字，而在增加了“张水部”“李、杜”等名字外，还增加了“元和后，不以名可称者”“位卑名著者”“二人连呼者”的许多名字，可知王谠本意似在引用前人资料而改写成一种私人著作，故与援引的原书颇多出入。然王谠学识欠佳，工作又嫌草率，留下了不少错误与混乱。

今本《唐语林》中存在的问题，有些则是在流传过程中出现的。从宋代书目著录此书卷数出入甚大一点来看，此书似乎尚未正式定稿，《永乐大典》将之散入各个韵部，抄手不够认真，多错别字，且多脱落，时而误记篇名，故有《闽川名士传》等不属五十种书的其他文字，甚至将洪迈《容斋续笔》卷十六《唐人酒令》中的文字羼入。《四库全书》馆臣完成最后一道工序时，既没有利用齐之鸾本进行校雠，又没有完全遵从底本《永乐大典》中的文字，而在辑录过程中，又有不检核材料，妄加拼合；不考虑内容，妄加割裂的情况，这就给此书增加了更多的混乱。

但《唐语林》中收入的五十种重要著作的文字，其中大部分是唐人记唐事，更多可信之处。因为王谠生活的年代早，能够看到不少著作的早期本子，而古人又并不看重笔记小说之类的著作，传世的有些本子时有脱误，这些反而可以依据《唐语林》而恢复原貌，并在辑佚与校勘上起重要作用。

比之《太平广记》等大型的小说总集，《唐语林》可称是一部少而精的小说总集，因为《唐语林》承接的是《世说新语》的传统，偏重人事，注意情致，很少涉及鬼神变幻，不以铺张杂博取胜。比之《类说》《绀珠集》等总集或《古今合璧事类备要》等类书,《唐语林》的文字又要完整可靠得多。

《唐语林》中文字现可查得者有1102条,其中可以找到出处或有可能出于某书的条文,共912条,占全书的百分之八十二点八;尚未找到出处的条文,共190条,占全书的百分之十七点二。后者之中保留着天壤之间仅存的许多重要史料。内如《刘幽求传》《王贵妃传》等文,则是不见他书的传奇名篇,又如叙韩愈征淮西时二妾逃遁等事,曾为后人广泛征引,用以探讨韩愈之为人与唐人之特殊风貌。

参考文献

余嘉锡《四库提要辨证》，科学出版社1958年10月初版，中华书局1980年5月重排本。

王国良《唐代小说叙录》，台湾嘉新水泥公司文化基金会丛书1979年11月出版。

昌彼得《说郛考》，台湾文史哲出版社1979年12月出版。

卢锦堂《太平广记引书考》，台湾政治大学中国文学研究所博士论文（1981年）。

程毅中《古小说简目》，中华书局1981年4月出版。

袁行霈、侯忠义《中国文言小说书目》，北京大学出版社1981年11月出版。

黄永年、贾宪保《唐史史料学》，陕西师范大学出版社1989年12月出版。

李剑国《唐五代志怪传奇叙录》，南开大学出版社1993年12月出版。

宁稼雨《中国文言小说总目提要》，齐鲁书社1996年12月出版。